登場人物

Characters

レオナルト・レークス・アードラー

第八皇子。18歳。剣術、魔法、政治、あらゆる面で優れており、次期皇帝の有力候補の一人。優しく、人を思いやれる性格で血のつながった家族同士で争うことに疑問を抱いている。兄であるアルノルトを誰よりも信頼している。

アルノルト・レークス・アードラー

第七皇子。18歳。無能・サボり魔かつ遊び呆けている放蕩皇子であるため、「双子の弟であるレオナルトに全てを吸い取られた『出涸らし皇子』」とバカにされている。実際は無能ではなく、「強力な古代魔法を操るSS級冒険者・シルバー」として陰ながら帝国を守護している。

リーゼ[illegible]アードラー

第一皇女。25歳。東部国境守備[illegible]束ねる、皇族最強の帝国元帥。帝位争いには参加しないことを表明している。性格はマイペースで誰に対しても不敵な態度を崩さない、アルにとっては理不尽な姉。

クリスタ・レークス・アードラー

第三皇女。12歳。アルとレオの異母妹。実母を亡くし、ミツバに養育されたため、アルたちには懐いている。物静かな性格で臆病。基本的に無表情で、限られた身内にしか懐かない。先天的に未来予知の魔法が使える。不安定なため、当たるときと当たらないときがある。

僕は、助けたいと思う人を
助けられる皇帝になりたい」

「帝位を望むからこそ、
助けなきゃいけないんだ。

ミツバ

アードラシア帝国皇帝の第六妃。アルとレオの実母で、かつては踊り子として大陸中を旅していた。多くの知識を有しており、物事の本質を見抜くことに長けている。アルとレオに対しては放任主義。

リンフィア

アルノルトを助けたA級冒険者。クールな性格で愛嬌はないが義理堅い。南部辺境にある流民の村の出身であり、村で起こった問題の解決をアルに依頼し、その見返りとしてアルに協力している。

ザンドラ・レークス・アードラー

第二皇女。22歳。有力な帝位候補者の1人。禁術について研究している。魔導師を支持基盤として帝位争いに参加している。性格は皇族の中で最も残忍で、部下に対する扱いも残虐。暗殺者を多数抱えている。

最強出涸らし皇子の暗躍帝位争い3

無能を演じるSSランク皇子は皇位継承戦を影から支配する

タンバ

角川スニーカー文庫

22148

目次

口絵・本文イラスト：夕薙
デザイン：阿閉高尚（atd）

皇族紹介

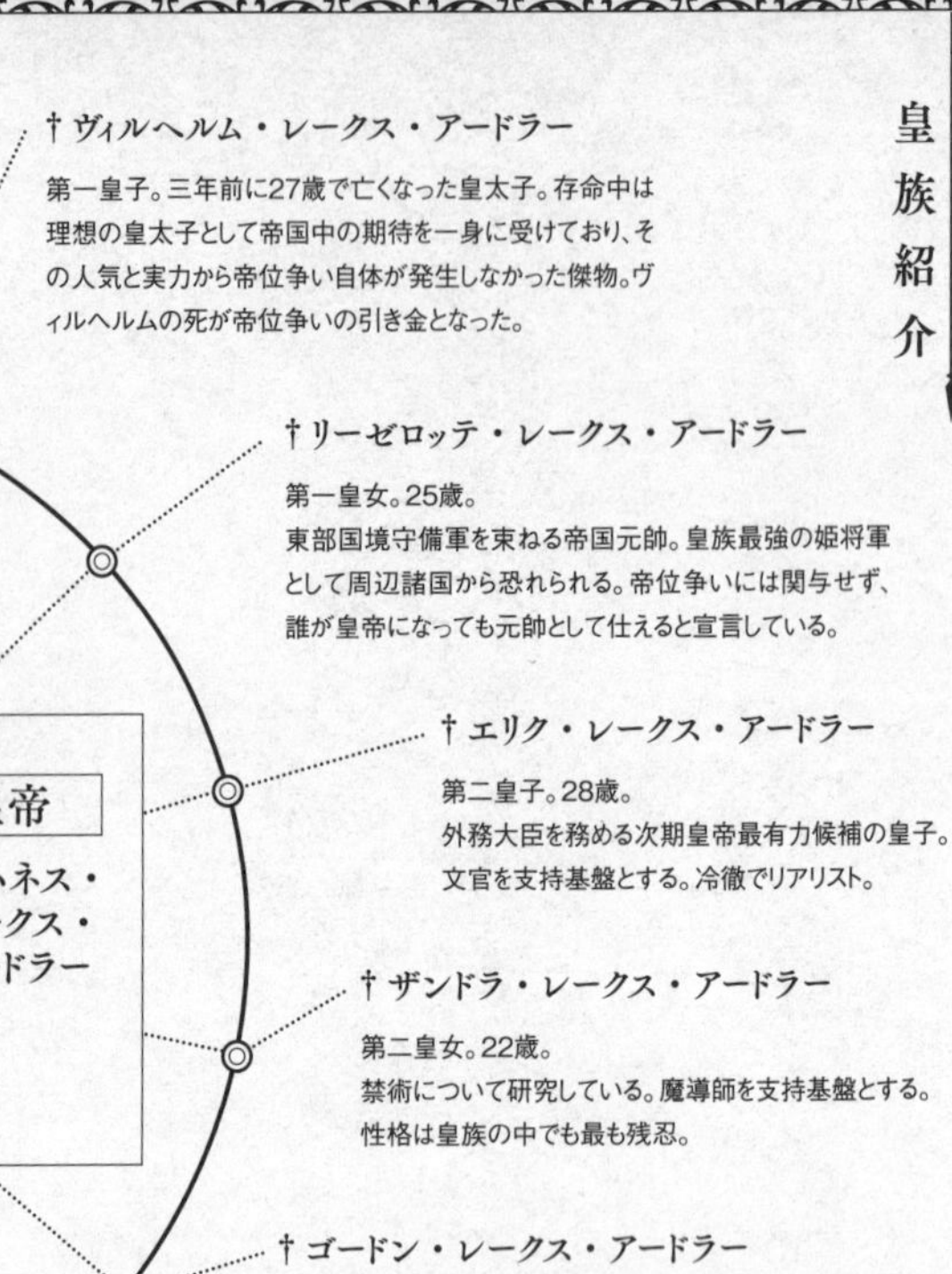

皇帝

†ヨハネス・レークス・アードラー

†ヴィルヘルム・レークス・アードラー

第一皇子。三年前に27歳で亡くなった皇太子。存命中は理想の皇太子として帝国中の期待を一身に受けており、その人気と実力から帝位争い自体が発生しなかった傑物。ヴィルヘルムの死が帝位争いの引き金となった。

†リーゼロッテ・レークス・アードラー

第一皇女。25歳。
東部国境守備軍を束ねる帝国元帥。皇族最強の姫将軍として周辺諸国から恐れられる。帝位争いには関与せず、誰が皇帝になっても元帥として仕えると宣言している。

†エリク・レークス・アードラー

第二皇子。28歳。
外務大臣を務める次期皇帝最有力候補の皇子。
文官を支持基盤とする。冷徹でリアリスト。

†ザンドラ・レークス・アードラー

第二皇女。22歳。
禁術について研究している。魔導師を支持基盤とする。
性格は皇族の中でも最も残忍。

†ゴードン・レークス・アードラー

第三皇子。26歳。
将軍職につく武闘派皇子。
武官を支持基盤とする。単純で直情的。

†トラウゴット・レークス・アードラー

第四皇子。25歳。
ダサい眼鏡が特徴の太った皇子。
文才がないのに文豪を目指している趣味人。

†先々代皇帝
グスタフ・レークス・アードラー

アルノルトの曾祖父にあたる、先々代皇帝。皇帝位を息子に譲ったあと、古代魔法の研究に没頭し、その果てに帝都を混乱に陥れた“乱帝”。

† アムスベルグ勇爵家

五百年ほど前に大陸を震撼(しんかん)させた魔王を討伐した勇者の血筋。帝国貴族の中で最も上位の存在であり、皇帝にしか膝を折らない。勇爵家の中でも才あるものだけが、伝説の聖剣・極光(アウローラ)を召喚できる。帝国を守護することを自らの役割とし、基本的に政治には参加していない。

† ルーペルト・レークス・アードラー

第十皇子。10歳。
まだ幼く、帝位争いには参加していない。性格は気弱。

† クリスタ・レークス・アードラー

第三皇女。12歳。
ほとんど感情を表に出さず、アルやレオといった特定の人間にしか懐かない。

アードラシア帝国の皇帝。十三人の子供たちに帝位を争わせ、勝ち抜いた皇子に皇帝位を譲ろうとしている。広大な帝国を統治し、隙あらば領土を拡大してきた名君。

† ヘンリック・レークス・アードラー

第九皇子。16歳。
アルノルトを見下しており、レオナルトにはライバル心を燃やしている。

† レオナルト・レークス・アードラー

第八皇子。18歳。

† アルノルト・レークス・アードラー

第七皇子。18歳。

† コンラート・レークス・アードラー

第六皇子。21歳。
ゴードンの同母弟。直情的なゴードンの弟にも拘らず、性格はアルノルトに似ている。

† カルロス・レークス・アードラー

第五皇子。23歳。
優秀と評されたことも、無能と評されたこともない平凡な皇子。
しかし能力に反して夢見がちで英雄願望を持ち合わせている。

第一章　流民問題

1

十一年前。

当時、帝国は西にあるペルラン王国と激しく争っていた。

そんな中、東にあるソーカル皇国が帝国と隣接するドワーフの国を侵略し、滅ぼしてしまう。多くのドワーフが帝国に逃げのび、王族の一部も帝国に保護された。しかし、ドワーフがため込んでいた金銀財宝以上に、ドワーフたちが持つ技術を狙っていたソーカル皇国はこのことに抗議し、帝国へ幾度も警告を発した。

それに対して帝国は「流民をすべて防ぐのは不可能」と回答していたが、ついに痺(しび)れを切らしたソーカル皇国の皇王は自らの息子を大使として派遣したのだった。

「厄介なことになりましたな」

「まったくだ」

宰相であるフランツの言葉に皇帝であるヨハネスが頷く。

大陸三強と評されるのは帝国、ペルラン王国、ソーカル皇国の三か国。そのうち帝国は真ん中にあり、二国に挟まれる形になっている。ペルラン王国と事を構えているときにソーカル皇国と敵対することは、帝国としては絶対に避けたい事態だった。

「一度保護したドワーフを差し出せば、大陸全土の亜人が敵に回ります。もちろん帝国に住む亜人もです。そうなれば他国と戦争どころではないでしょう」

「皇国を敵に回すか、亜人を敵に回すか、か」

「そうとも限りません。ソーカル皇国にドワーフの技術に匹敵する物を渡せば、ひとまず気は収まるでしょう」

「何を渡せと?」

「ソーカル皇国は魔導大国です。しかし、魔導具開発に不可欠な宝玉が不足しています。とくに巨大な宝玉は不足しており、そのせいで魔導兵器の開発がストップするほどです」

宝玉とは魔力を貯めこんだ鉱石の総称だ。これらは魔力を貯めこむ性質も保持しているため、中に貯めた魔力を使い切っても再利用できる貴重なものだ。

その貯めこめる量は基本的に大きさに比例し、巨大な物ほど希少価値は高くなる。

「くれてやれと言うのか？　気に食わんな。そこまで弱腰で事を運ばないといかんのか？

ワシらは逃げてきた者を保護しただけだぞ？」

「はい。それで二正面作戦は避けられます。幸い、我が国は宝玉には困っていません。それで戦争が避けられるなら安いものでしょう。鉱山を渡すわけではありません。我が国に痛手はないのです」

皇国は百年以上も前から、魔導具開発のために国内の鉱山で宝玉を掘り漁（あさ）っており、そのせいで年々宝玉の採掘量は下がっていた。

一方、帝国は宝玉の採掘に力を入れていなかったこと。優秀な鉱山をいくつも保有していること。この二点により宝玉には困っていなかった。

「餌を与えて黙らせるか。これ以上、軍に負担は掛けたくはないしな」

「その通りです。さっさと巨大な宝玉を渡し、一度黙らせてしまいましょう。西部戦線も膠着（こうちゃく）気味ですし、その間に停戦するのも手かもしれません」

「そうするか。まぁこちらが優勢だからな。王国も乗ってくるか」

そう言ってヨハネスとフランツは話をまとめたのだった。

■■■

フランツが巨大な宝玉を用意し、大使を迎える日がやってきた。

その日、一人の少女が城に来ていた。桜色の髪の少女。六歳のエルナだった。

好奇心旺盛なエルナは父が立ち話をしている間、暇を持て余し、いつの間にかフラフラとその場を離れていた。

「あれ？」

気がつけば知らない場所にエルナは出ていた。少し周りを見渡すが、見知った景色はない。まぁ城であることは間違いない。誰かに聞けばいいかとエルナは歩を進める。

すると城の壁に小さな穴を見つけた。小さな子供ならギリギリ通れそうな大きさだ。

草木に隠れたそこはどうも通気口のようだったが、なぜか綺麗に整備されていて、まるで秘密基地の入り口のようだった。好奇心をくすぐられたエルナは屈んで通気口の中へ侵入する。しばらく暗闇の中を進んでいくと薄暗い部屋にたどり着いた。

閉め切られた部屋は淡い光を発する魔導具に照らされており、エルナはすぐにここが宝物庫であることに気づいた。

「うわぁ……」

勇爵家が保有する宝物庫よりもさらに大きく、様々な物がそこには置かれていた。

そしてエルナは真っ先にある物を見つけた。

「魔法剣！」

炎や風のような属性魔法を付与された剣だ。しかも宝物庫に置かれていたのは現代の技術で作られた物ではなく、古代に作られた名剣だった。

エルナは一つを手に取り、鞘から抜き放つ。その輝きと鋭さにエルナは思わずうっとりとしてしまう。そして試しに何度か振ってみる。

「うーん！　いい剣！」

子供のエルナには長すぎる剣だが、そこは勇爵家の娘。その程度は持ち前の身体能力で難なく扱えてしまった。ただ手に吸い付くようなその剣の出来栄えに気を良くしたエルナは、試し振りから剣の型を演じはじめてしまった。

広いとはいえ宝物庫だ。多くの貴重品が置かれたそこで激しい型をすれば、どういう事態を招くか。気を良くしていたエルナは思い至らなかった。

「あっ……」

真横に振った剣が布で覆われた箱を捉えてしまう。そしてエルナの鋭い斬撃により、その箱は両断された。しかもその箱から強い魔力が発せられて宝物庫を照らしていた魔導具も壊れ、明かりが消えてしまう。

暗闇の中、ゴンッという重い音を聞き、エルナの心がどんどん冷めていった。少ししてエルナの目は暗闇に慣れていく。

見れば箱の中にあった人の頭以上の巨大な宝玉が真っ二つになっていた。

宝物庫の物を叩き切ってしまった。その事実にエルナは狼狽し、なんとか宝玉の上半分を持ちあげてくっつけようとするが綺麗に切断されたそれは元に戻るわけがない。

しばしオロオロとしたあと、エルナはどうしようもない状況と不安に耐えきれずに泣き出してしまった。

「うっ……うっうっ……ひくっ……おとうさまぁ……」

「うん？　誰かいるのか？　ってか真っ暗じゃん」

そんな中、エルナが通ってきた通気口から一人の少年が入ってきた。黒い髪に黒い目。七歳のアルノルトだった。いつも隠れ家代わりにしている宝物庫に先客がいたこと。そして真っ暗であることに驚くアルだったが、すぐにエルナが泣いていることに気づいた。

「泣いてるのか？」

「うぅ……ぐすっ……」

夜目の利かないアルには暗闇の中にいる人物が、どういう特徴があるかなどわからない。

ただ泣き声的に同年代の女の子というのはわかった。

手探りで進むアルだったが、すぐに何かが壊れていることを察した。

「派手にやったなぁ……これって噂の宝玉だろ」

「ほうぎょ、く……？」

「ああ。大使へのプレゼントだそうだ」

「たい、し……？　うっうっ……」

「あー！　泣くな泣くな！　なんとかしてやるから」

それは泣く少女を宥めるための言葉だった。これ以上泣かれたら面倒だと思ったのだ。

しかし、状況は変わる。

「ここだ。大使殿」

それは皇帝の声だった。一瞬、困惑したアルだったが、すぐに状況を理解してエルナを通気口のほうへ向かわせる。

「早く出ろ！　急げ！」

「でも……」

「いいから！」

幼いながらもアルはこの状況が極めて深刻であることを理解していた。皇帝がこの場に来たのは大使にこの宝玉を見せるため。そこで壊れていたら皇帝は激怒するに決まっている。皇子ならまだしも、そうでない子供の仕業と知ればどんな処罰が下るかわからない。

最悪の事態を考え、アルはすぐにエルナを逃がした。そしてエルナが通気口の近くまで来たところで、宝物庫の扉が開いた。これから起こる事態にアルは一つため息を吐き、そして深く息を吸い込んで覚悟を決めた。

「ここが我が国の宝物庫だ。宝玉は……ん？」

「申し訳ありません！　父上！　壊してしまいました！」

さっさと謝ってしまえとばかりにアルは状況の飲みこめていない皇帝に頭を下げる。

皇帝と大使。そして周りに付き添っていた者たちは全員が一瞬、状況を飲み込めなかった。厳重に閉じられたはずの宝物庫に皇子がおり、その皇子の傍で宝玉が真っ二つに割れていた。

誰も言葉を発しなかった。皇帝より先に何か言う勇気がなかったのだ。言葉だけではなかった。誰も皇帝の顔を見ることはできなかった。

ゆっくりと皇帝がアルに近づいていく。

「本当にお前がやったのか？　アルノルト」

「はい……」

「本当だな？」

「はい、本当です」

顔をあげてアルは答える。だからアルだけは皇帝が複雑な表情を浮かべていたのがわかった。皇帝は少し目を瞑るとゆっくりと息を吐く。

そして、パンッと乾いた音が響いた。

「このっ！　大馬鹿者が！　この宝玉は帝国と皇国の友好の証！　それを壊すとは何事だ⁉　お前には皇子としての自覚がないのかっ！」

「っ……申し訳ありません……」

あまりの痛みに頬を押さえ、アルは涙ぐむ。だが泣くことはなかった。

泣いてはいけないと思っていたからだ。アルは知っていた。まだエルナが外に出ていないことを。だからアルは泣かない。泣けば戻ってくる気がしたからだ。

一方、殴られたアルを見て、エルナはさらに涙を流していた。

どうすればいいのかわからず、正直に名乗り出るべきか葛藤する。だが、そんなエルナを怯ませるように皇帝の怒号が響き渡る。

「誰かっ！　この大馬鹿息子を牢屋に入れろ！　一週間は出すな！　顔も見たくはないわ！」

「……申し訳ありません……」

アルはただ謝るだけであり、抗弁をしたりはしない。連れていかれるアルをただ見ていたエルナは、もはや自分ではどうしようもないことを悟って通気口を抜け出すと一心不乱に走り出した。そして泣きながら城中を駆け、エルナはやっと父である勇爵を見つけた。

「エルナ。どこに行っていた？」

「お父様！　お父様！　皇子が！　皇子が！」

「待て待て。落ち着くんだ。落ち着いて話しなさい」

父に諭されたエルナは大粒の涙を流しながら、事の次第を説明した。次第に顔を曇らせていく父の表情を見て、またエルナの心は不安に包まれていくのだった。

2

「そういう次第でございます。陛下。すべては我が娘のしでかしたことであり、目を離した私の責任でございます」

勇爵は重臣たちと今後のことを協議する皇帝の下へ行くと、そう言って頭を下げた。

横ではエルナも頭を下げている。

それに対して重臣たちは口々にアルへの不満を口にした。

「そうならばそうとはっきり言えばいいものを……」

「勇爵家の名誉は大事だが、それ以上に皇族の名誉のほうが大事だ！　しかし、大使の前で起こったことゆえ、今更やっぱり違いましたというわけにはいかん！」

「事態をややこしくしてくれる……皇族の失態ということで向こうは強気に出てくるぞ。御令嬢の責任が勇爵の責任ということなら、皇子の責任は皇帝陛下の責任ということになる。なぜそれがわからんのか⁉」

「そもそも通気口を通れるようにしてたのもアルノルト皇子だ。それだけでも十分問題ではないか！　あの皇子は何を考えているのだ！　まったく！」

「もはや問題は宝玉が壊れたというところではない。皇族が壊したという事実が残ったということだ。向こうが友好を結ぶ気がないのかと言い出したら、何も言い返すことができん！」

口々に告げられるアルへの批難。違う、悪いのは自分だとエルナは言いたかった。しかし、そのようなことを言える立場ではないことも承知していた。

だからエルナは目に涙を溜めながらジッと我慢していた。

そんなエルナを見ながら、皇帝はため息を吐いた。

「アルノルトが誰かを庇っていたことはわかっていた。まさかそれが勇爵の娘とは思わなかったがな」

「わかっておられたのですか？」

勇爵の問いに皇帝は一つ頷く。

「宝玉の入った箱は防御用の魔法が仕込んであるものだ。いくら剣がよかろうとアルノルトでは斬れん。だから一度確認を取った。それでもあやつは自分がやったと言い張ったのだ。大使の手前、何もしないというわけにもいかんからな。致し方なかった」

皇帝は深くため息を吐き、玉座に背を預ける。

当初の目論見は崩れた。もう一度宝玉を用意しても、皇国は受け取らないだろう。皇族がしでかしたことをネタにして、鉱山あたりを要求してくるはずだ。だからといって、あの場で調査するなどといえば大使は疑いの目を向けてくる。調査の結果、正直にエルナがやったことだと伝えても信じない。信じようとしないことは目に見えている。

あの場にアルがいた以上はあれ以外に手はなかった。わかっていたため、皇帝もアルを牢屋に入れたのだ。

「勇爵。というわけだ。申し訳ないが、エルナが正直に名乗り出たところで意味はない。今更、アルノルトを許すことなどできんのだ」

「そんなっ……！」

エルナは思わず声を出してしまう。その場にいた全員の視線がエルナに向く。冷たい大人たちの視線にさらされ、エルナは怯むが視線だけは逸らさない。

そんな中、一人の女性がその場に入ってきた。

「小さな子供に向ける視線とは思えませんね」

開口一番、そんなことを言ったのは黒いドレスに身を包んだ黒髪の女性。

皇帝の第六妃にしてアルの母親。ミツバだ。

よりによって、なぜこの場に。重臣たちは一斉に顔をしかめた。母親ならばアルを牢屋から出せと言うに決まっているからだ。

しかし、予想に反してミツバは何も言わずにエルナの傍へ寄る。

「あなたが勇爵家のお嬢さん？」

「は、はい……」

「正直によく言ったわね、偉いわ。あなたの代わりならあの子も牢屋に入って本望でしょうね」

そんなことを言いながらミツバは笑みを浮かべてエルナの頭を撫でた。

その様子に重臣たちは目を見開き、皇帝は苦笑する。

「み、ミツバ様……アルノルト殿下のことで来たのでは？」

「呼ばれたから来ただけです。別に私はアルについてどうこう言う気はありません。あの子はあの子なりに考えて、この子を庇った。ならこの子が受けるはずだった罰を受けるのは当然でしょう。それを承知で庇ったのですから。あの子の責任です」

「そ、それはそうでしょうが……」

「それに、私が陛下に許しを乞うてアルを牢屋から出して何になりますか？　覚悟を決めて女の子を庇ったのに、結局は母親に助けられたとあってはあの子の面目は丸つぶれです。アルは自分の判断でこの子を助けた。その功績はあの子の物です。私は子供の功績を掠めとる気はありません。付け加えるなら、アルが牢屋の中で後悔するにしても、それはそれであの子のためだと思っています。人を庇うというのは大変なことだと認識するでしょうし、いつも自分が恵まれた環境にいるということもわかりますからね」

冷たいともいえるミツバの考えに重臣たちは閉口した。自分の息子、それも皇子を牢屋に入れられたというのに平然と、あの子の責任と言えるミツバは異常だ。

重臣たちの知る妃の多くは我が子が可愛くて仕方がない者ばかりだからだ。

「ミツバを呼んだのはワシだ。お前が嘆願するならアルノルトを牢から出そうと思っていたのだがな」

「不要です。いつも私はあの子の自由にやらせています。そのときに必ず言うのは自分の責任なのだ、ということです。勉強をせずに遊ぼうと勝手です。ですが、それで知識が身につかないのはあの子の責任。周りから批難されたり、馬鹿にされるのもあの子の責任。今回も同様です。あの子は自分の責任の下で動いたのです。結果、この子を庇い、牢に入れられた。すべてあの子の責任です」

「ふぅ……ワシに許すなと言いたいのだな」

困ったように皇帝は頭をかく。皇帝として子供に甘い顔はできない。だから母親であるミツバを呼んだのだ。母親に嘆願されては仕方ないという体を取れるからだ。

しかし、実際は許して牢から出したいのは皇帝のほうであり、牢から出すなというのはミツバだった。ほかの妃では絶対にありえない構図だ。

「ミツバ様。お言葉ですが、その自由にやらせる教育方針のせいで今回、大事になっているのです。あまり皇子を自由にさせないでいただきたい」

「どのような問題があるというのですか？　皇国の大使様にお渡しする宝玉ならまた取り寄せればよいでしょう。他の皇子や皇女たちに比べてアルはお金のかからない子です。宝玉一つ分くらいのお金は浮かしていると思いますよ」

あんまりな物言いに発言した外務大臣は頬を引きつらせる。

元々は踊り子だったミツバを軽視する大臣や貴族たちは多い。表面上は礼儀を保っても、内心では成り上がりとしか思っていないのだ。ミツバがもっと控え目なら大臣たちも笑顔で対応できるが、ミツバはお世辞にも控え目とはいえない女性だった。

「お金の問題ではないのです。もはや皇国の大使は宝玉だけでは満足しないのです」

「ではお帰り願えばいいでしょう」

「はぁ……まったく。ミツバ様に政治の話をした私が至りませんでした」

皇帝の目の前で妃を侮辱したに近い言葉だった。外務大臣のあまりな物言いに宰相であるフランツが叱責しようとするが、皇帝はそれを手で制す。

そして面白そうにミツバを見るのだった。

「政治の話ですか。たしかに私は政治の話はわかりません。ただ、私が大臣なら見通しの甘い戦争に賛成はしないでしょう。ペルラン王国と戦争をすれば親交のあるアルバトロ公国が海上から支援するのは目に見えていたこと。前線では幾度も補給路を断っているのに、海路で補給されて水の泡になっているとか。本来なら外交でアルバトロ公国を牽制し、ソーカル皇国と不可侵条約を結んでから仕掛けるべきところ。その下準備もせずに戦争に賛成するなど私にはとてもできません」

「そ、それは……」

「もちろん、政治を知らぬ私でもわかることです。英明な外務大臣殿ならご承知だったでしょう。当然、今のような状況も想定していたはず。まさかソーカル皇国に弱腰な外交を仕掛けるなどという手しかないわけがありません。どうか政治を知らぬ私にこの状況の解決策をご教授願えますか？」

「……し、失言でした。どうかお許しを……」

外務大臣はそう言って頭を下げた。大臣の半数は同情の眼差し(まなざし)を向け、もう半分は馬鹿な奴(やつ)だといった眼差しを向けた。

諸外国を旅してきたミツバは妃の中では特に見識が深い。家の中で育てられた女性ではないのだ。ほかの妃と同じと思っていると手痛いしっぺ返しを食らうに決まっている。

ミツバの小気味よい切り返しを見て、皇帝は満足そうに頷く。

だが、ミツバの舌は今度は皇帝に向いた。

「陛下。ちょうどよい機会ですから申し上げておきます」

「う、うむ……なんだ？」

「皇帝らしくなさいませ。私は他国の顔色を窺(うかが)う方の妻になった覚えはありません」

辛辣ともいえる言葉に皇帝は顔をしかめ、フランツは横で額に手を当てた。

そんな二人にミツバは告げる。

「ソーカル皇国に宝玉を渡し、時間稼ぎをすると提案したのは宰相ですね？」

「その通りでございます。ミツバ様」

「帝国の状況を考えれば妥当な判断でしょう。ですが、弱腰な外交は相手をつけ上がらせます。陛下の代になってから帝国は強気な姿勢を崩しませんでした。弱気な姿勢を今見せれば、いらぬ勘違いを生むと私は思いますが？」

「ごもっともです。ですが、ペルラン王国と停戦協定が結べるまでは皇国と事を構えるわけには」

「それならば外務大臣を送り込み、即刻停戦協定をまとめさせればよいでしょう」

まさかの指名に外務大臣はギョッとした。

できないとは言わせない。そんな意志がミツバの言葉からは伝わってきた。戦争が始まっても敵国との外交ラインを確保しておくのは外務大臣の務めだからだ。

「それでは足元を見られる可能性があります」

「このまま泥沼化するよりはマシでしょう。海路から支援されているペルラン王国を崩すのは至難の業ですからね。それにペルラン王国も帝国の足元を見ることはしないでしょう。帝国が立ち位置をはっきりさせれば、あえて首を突っ込む真似(まね)はしないと私は見ます」

「立ち位置とは？」

「亜人を保護する立場という意味です。ドワーフを受け入れたとき、陛下はこのお立場を取ったのです。ペルラン王国と即時停戦を結ぶのは、亜人を守るため。誰もがそう思う中で足元を見ればペルラン王国内外で不満が生まれます」

各地を旅したミツバは知っている。

国内にほとんど亜人がいない皇国に対して、帝国や王国は国内に多くの亜人を抱えている。そうである以上、亜人が絡んだときに二つの国が選べるのは一つの道だけなのだ。

「ご自分で一度決めたことではありませんか。亜人を保護すると。なぜそれをブレさせるのですか？」

「国のことを思えばだ」

「国のことを思うならば強い皇帝でいるべきです。陛下、子供は大人が思っている以上に色々と考えているものです。アルはあの子なりに多くのことを考えたのでしょう。帝国のこと、陛下のこと、そして泣いているこの子のこと。すべてを考え、あの子は自分が罪を被（かぶ）る覚悟を決めた。皇帝を謀（たばか）ったこと、皇族の名誉を傷つけたこと。どちらも皇子としてあってはならないことです。ですが、あの子は皇子として、男の子として自分の覚悟を見せ、それを貫いたのです。多くの人があの子を批難しても、私はあの子を褒めてあげたい。皇子として確かな資質をあの子は見せたからです。示した覚悟を貫く。これは皇子として大事なことでしょう。そして皇帝としても。ご自分の息子にできて、陛下にできないことはないはずです」

ミツバの言葉を受け、皇帝はしばし天井を見上げる。そして深々と息を吐いた。

ドワーフの国が侵攻されて以来、ずっと眉間に寄っていた皺が取れる。

吹っ切れたのだ。自らの妃の言葉と自らの子供の行動によって。

「フランツ。何か反論はあるか？」

「それでも私は安全策を取るべきだと愚考しますが……それが陛下の主義に反するのもよくわかっています」

「うむ。ミツバの言う通り、アルはどうであれ覚悟を貫いた。それをワシは受け止め、認めてやりたい。ワシとミツバ以外に誰が受け止める？　誰が認める？　ワシらはあの子の親だ。ゆえに親らしくせねばならん。息子に劣る父が息子を受け止め、認めることなどできんからな。ワシは親として、皇帝として誇らしい姿を見せよう」

晴れやかな顔で皇帝は告げる。その横でフランツは深くため息を吐いた。せっかく安全策を飲ませたのに、結局こうなってしまうとは。

やや恨めしそうにフランツはミツバを見るが、すでにミツバは踵を返していた。

それを見てフランツは小声で呟く。

「陛下。私はミツバ様が苦手です……」

「奇遇だな。ワシも苦手だ……」

「ではなぜ妃にしたのですか……？」

「佳い女だと思ったのだ……間違ってはいなかった」

満足そうに頷き、皇帝は立ち上がる。そして指示を出し始めた。

「近衛騎士団の隊長たちをすべて呼べ。勇爵は下がれ。ただし万が一のときはすぐに声をかける。準備をしておくのだ」

「はっ」

「ああ、それとアルノルトを連れてこい。見せてやらねばならん。皇帝の姿をな」

そう言って皇帝はニヤリと笑う。そんな子供のような皇帝に呆れつつ、フランツは言われたとおりに行動し始めたのだった。

■■■

玉座の間には皇帝と宰相。そして近衛騎士団の隊長たちが並んでいた。

帝国が誇る猛者たちに囲まれて、大使はやや緊張した様子で質問した。

「へ、陛下……お話とは一体……？」

「うむ。さきほどは息子が失礼した。それでお詫びの品として新たな宝玉を用意する。それを持ち帰っていただきたい」

「その話ですか……陛下、我が国はたしかに宝玉を必要としています。ですが一定数の宝玉はドワーフの国から手に入れたのです。今、必要なのはそれを加工するドワーフたちの技術。どうかドワーフをお引渡し願いたい。もしくはそれに匹敵する物をほかにいただきたい。そうでなければ我が国には帝国は皇国との友好を望んでいないと伝えるほかありません」

「ふむ……ならばそう伝えよ」

「……はい？」

調子に乗っていた大使は一瞬、皇帝の言葉を理解できなかった。

しかし、皇帝の鋭い視線を受けて皇帝の意図を理解した。

「……我が国と敵対すると仰せですか？」

「その通りだ。帝国には一度迎え入れた者を追い出す習慣はない。宝玉で満足できぬというなら、これ以上の交渉は無意味となろう」

「……帝国は王国と戦争中です。我が国と戦うのは得策ではないと思いますが？」

ブラフである。そう大使は踏んでいた。

強気に見せているだけで、戦争を覚悟しているわけがない。

そんな風に大使は思っていたため、余裕の表情を崩さなかった。だがしかし。

「すでに王国には停戦の使者を送った。亜人を守るための戦いだ。王国も理解してくれるだろう」

「まさか……」

「直接言わねば信じられぬか？　では言ってやろう。我が国に流れ着いた民は我が臣民だ。今、この時、帝国の領内に根を張る者たちはワシが庇護するべき民だ。誰にも譲る気はない。欲しいなら奪うがよい。だが、奪うというなら相応の覚悟を持ってくるのだな。ワシ自らがここにいる近衛騎士団を率いて相手になろう」

タラリと大使の頰を冷や汗が伝う。帝国近衛騎士団。一騎当千の猛者たちで構成されたこの騎士団を皇帝が率いるということは本気ということだ。

いくら王国に停戦の使者を送ったといっても、すぐにまとまるわけがない。その間に皇国が攻め入れば二正面作戦を強いられる。

しかし、皇帝はそれでも構わないと告げていたのだ。

「……帝国ご自慢の勇爵家を使うおつもりか？」

「いかにも」

「……聖剣をむやみに使えば諸外国から何を言われるかわかりませんぞ？」

「亜人を守るための戦いだ。大義はこちらにある。人類の財産である聖剣を戦争に用いても他国は文句は言えまい。たとえ皇国が滅びようともな」

その皇帝の言葉に大使は皇帝の覚悟を悟った。やるからには徹底的にやる気なのだ。皇国を滅ぼす覚悟すらもって、この皇帝は会談に臨んでいる。

そんな皇帝に気圧されながら、大使は苦し紛れに告げた。

「後悔しますぞ……!?」

「帝国を舐めるな。我が国は他国の顔色を窺ったりせぬし、へりくだりもせぬ。戦争など恐ろしくはない。しかし弱気と思われるのだけは耐えられぬ！　我が帝国は強き国であり、ワシは強き皇帝だ！　帰って国に伝えるがよい。交渉は失敗だとな」

皇帝に一喝された大使は悔し気に顔を歪ませながらその場を後にする。皇帝は近衛騎士隊長たちも下がらせ、玉座の間の隅ですべてを見ていたアルノルトを呼んだ。

「アルノルト」

「はい、父上……」

傍にやってきたアルノルトの頭に、皇帝はポンと手を置く。

そしてゆっくりとその頭を撫でた。

「これがお前の父の仕事だ。決断すること。それが皇帝の役目だ。良し悪しにかかわらず、決断するのが仕事なのだ。それを形にするのは臣下の役目」

「苦労させられますな」

「許せ……アルノルトに見せてやらねばならんと思ったのだ。正しき皇帝の姿を。いいか、アルノルト。将来、お前が帝位を目指すか、もしくは誰かを帝位につけようと思ったとき。今日のワシの姿を思い出せ。帝位を目指すならばワシを真似ろ。誰かを帝位につけるならばワシに近い者を推せ。この姿がお前への褒美だ。ただし、ちゃんと牢(ろう)には入れ。よいな？」

「はい！」

悪戯(いたずら)めいた笑みを浮かべる皇帝を見て、アルも似たような笑みを浮かべる。

その姿を見ていたフランツは似た親子だと思いつつ、今後待っている膨大な仕事を思い、気持ちを沈ませるのだった。

■■■

そして現在。

「お母様。どうして半分の宝玉が飾ってあるの……？」

「それは幸運の宝玉なのよ」

「幸運？　半分なのに？」

「ええ。その宝玉のおかげでアルは宝物を手に入れたんだから」

クリスタを膝に乗せたミツバはそんなことを言って、あの日のことを思い出す。

皇帝が決心を固めたあと、エルナはミツバの後を追ってきた。

そして勇爵と共に深く謝罪してきたのだ。それに対して、ミツバは、いつかあの子が困ったら助けてあげてね、と告げた。

一方、エルナは勇爵の剣を借りてミツバに誓いを立てた。

私は二度とアルノルト皇子を見捨てません、と。

あの日、あの行動でアルは帝国最強の剣を手に入れた。本人はまったく気づいていないが。あえてあの日の少女がエルナであるとミツバは伝えなかった。いつかエルナが自分で話すことだと思っていたからだ。

「どんな宝物なの？」

「剣よ。とても立派な剣。アルは持て余しているようだけど」

「たしかに。アル兄様に剣は似合わない」

そう言ってクリスタとミツバは笑い合う。そんな中でもミツバはアルのことを想う。

アルは理想の皇帝像を見た。だからこそ、レオを帝位につけようとしている。

なぜならアルにとって皇帝とはなるモノではなく見るモノだからだ。ゆえに自分で皇帝になろうとは思わない。

立派な皇帝となったレオを見ることが、今のアルの夢といっても過言ではなかった。だからこそ、ミツバは少し心配だった。

アルが描く未来予想図にはアルが映っていないような気がしたからだ。

「ご報告します。今、早馬で知らせが届きました。レオナルト皇子とアルノルト皇子がご帰還されるようです」

「ほんと⁉」

「あら、じゃあお出迎えしましょうか」

そう言ってミツバは自分の小さな心配を心の片隅に置いた。

今はまだ考えるときではないからだ。

「ごほっ、ごほっ……。寒いわね。ちょっと上着を羽織っていきましょうか……」

「またお風邪？」

「ええ。すぐ治るわ」

そう言ってミツバとクリスタは手を繋（つな）いで二人の出迎えに向かったのだった。

3

玉座の間には重臣や皇帝の子供たちが集結していた。その中でレオは今回の一件を報告していく。一応、俺もレオの後ろで膝をついているが喋（しゃべ）ることはない。

「海竜討伐後、アルバトロ公国とロンディネ公国は同盟関係の維持を再確認しました。しばらくは南部で戦いは起きないかと」

「うむ。ご苦労だったな。ワシが思っていた以上に大変な役目を与えてしまった。しかし、それを見事解決した手腕。大したものだ」

「ありがとうございます」

レオを褒める父上は満足そうだ。まぁ当然か。

南部の戦争に巻き込まれることはなくなったし、海竜討伐によって帝国の名声は高まった。アルバトロ公国は正式に帝国との国交を開きたいと言ってきているし、今回の一件は良いこと尽くめだ。

そしてそれはレオの手柄となる。

「褒美を取らせねばならんな。レオナルト、望みはあるか？　あれなら大臣職をやってもいいぞ？」

その瞬間、大臣たちと上の兄姉の顔が凍り付いた。

大臣職につく皇族はエリクのみ。それと同等の立場に引き上げると父上は言ったのだ。

各勢力に属する大臣はもちろん、ゴードン、ザンドラも面白くはないだろう。

エリクはさすがに表情は変えないけれど、それでも眼鏡の奥の視線はいつもより冷たい。

だが、中途半端に権力を得ると身動きがとりづらくなるし、周りの集中砲火を浴びかねない。すでに工務大臣はこちら側だ。わざわざ大臣職を取りに行く必要はない。そこらへんはもうレオと相談してある。

「ありがたいお言葉ですが、今の自分には大臣職は務まりません」

「そうか。ではほかに望みはあるか？」

父上としても褒美なしというわけにはいかない。

今後、レオ以下の功績には褒美を与えられなくなるし、レオとしても褒美は受け取らなきゃいけない。下の者がレオナルト皇子も褒美を辞退したのだから、と自分たちも褒美を辞退する羽目になるからだ。

「はい。実は大使として出発前、南部出身の少女に村の問題を解決してほしいと懇願されました。大使の役目があるのですぐには無理だと言いましたが、こうして無事に戻ってこられました。なので少女の問題を解決したいと思っています」

「ほう？　仕事が終わったあとにまた仕事か。勤勉な奴だ。そうは思わんか？　アルノルト」

「はい。自分には真似できません」

「ふっ、そうかもしれんな。それで？　その問題とはなんだ？」

「人攫いだそうです」

「領主に頼まず、お前に頼んだのはなぜだ？」

「……流民の村ゆえ領主は対応してくれなかったと」

「なにぃ？」

ご機嫌だった父上の顔が、一瞬で険しいものへと変わった。

十一年前。ソーカル皇国とのやり取りで父上は、すべての流民を帝国の民と認めた。つまりあの時点で存在していた流民の村はすべて帝国の村ということだ。

「その村はいつから存在する？」

「少女が生まれる前からあるということですから、十一年前には存在していたかと」

「馬鹿にしおって！　ワシの言葉など聞かずともよいということか⁉」

激昂した父上が玉座から立ち上がる。その場にいた全員が膝をついて、父上に頭を下げた。そして代表して宰相であるフランツが声をかける。

「怒りをお鎮めください。皇帝陛下」

「これが冷静でいられるか⁉　十一年前、ワシはすべての領主たちに号令を発した！　すべての流民は帝国の臣民であると！　それが守られていないのだぞ⁉　あの号令を蔑ろにするということは、ワシを蔑ろにするということだ！」

「まだそうとは決まっていません。だからこそ、レオナルト皇子はそれを調べたいと仰っているのです」

「ならん！　ワシ自ら調べて、事実ならばその領主の首を刎ねてくれる！」

「辺境のことに一々皇帝が介入していては国が回りません。ここはレオナルト皇子にお任せください」

フランツの進言で父上は何とか怒りを鎮めたのか、イラついた様子で玉座に腰かける。

このままレオが南部の調査を命じられて終わりと思ったのだが、いらんことをする二人が現れた。

「陛下。レオナルトは任務明けです。ここは私にお任せください」

「いや、陛下。任務明けのレオナルトや女のザンドラなどではなく、俺に行かせてほしい。このところ体が鈍って仕方ない。帝国の法を叩き込んでみせましょう」

真っ先に申し出たのはザンドラだ。当然だろうな。南部はザンドラの母の実家が影響力を持つ地域だ。南部で何かあればザンドラ陣営としては大きな痛手を被る。

続いたゴードンもそろそろ功績が欲しいんだろう。将軍であるゴードンだが、戦争がなければ武功は上げられない。

だが、二人とも父上の様子を見て進言するべきだった。

「貴様ら！　この問題を帝位争いの道具にするつもりか！」

そう言って父上はまた激昂する。功を焦ったな。流民の問題は父上にとって悩みの種だ。

皇帝が宣言したからといって、すべての流民が帝国臣民と認められるわけじゃない。帝都やその周辺はともかく、辺境ではいまだ流民への差別は根強く、リンフィアの村のような話はそれほど珍しくない。

今回珍しかったのは、それならばと帝都までリンフィアがやってきたことだ。皇族に話を持ち込めば何とかなると踏んだのはさすがと言うしかない。

たしかにそのとおりだ。父上にとっては面子に関わる問題だし、帝位争いをしている者たちが解決すれば、それだけで父上の印象は良くなる。

「この問題は貴様らの問題ではなく、ワシの問題だ！　帝位争いの道具にはさせん！　愚か者どもめ！　ザンドラ！　貴様の母は南部出身！　この問題に深く関わってるかもしれんのだ！　少しは自重せよ！　ゴードン！　いつも力押しな貴様に繊細な問題を預けるわけがなかろう！　二人とも少しは頭を使わんか！」

「も、申し訳ありません……」

叱責された二人は声をそろえて一歩下がる。

ある程度、怒りを二人にぶつけたせいか、ふぅと息を吐いて父上は落ち着いた顔でレオのほうを見た。

「レオナルト。お前を巡察使に任じる。南部辺境の問題を徹底的に調べあげろ」

「はっ！」

「一切の妥協は許さん。すべての罪を明らかにするのだ。人攫いは帝国では重罪。それを見逃すのも重罪だ。関わる者には容赦するな」

そう強い口調で父上はレオに命じた。

チラリとザンドラを見ると、顔に焦りが見えた。あの様子を見るに、ザンドラの母の実家も少なからず関わっているな。もしもリンフィアの言う通り、人攫いと領主が繋がっており、その背後にザンドラの母の実家がいるならば。

この問題は非常に難しい問題になるが、解決できればそれだけでザンドラに強力な一撃を見舞うことができる。

俺たちがいない間にレオの勢力を潰せなかったことを後悔するといい。

今回の一件でレオは名実共に帝位争いの候補者となった。味方する者も増えていくだろう。もはや簡単には潰せない。地盤は固まりつつある。ここからが本当の戦いだ。

「会議は以上だ。全員下がれ」

そう父上が言ったため、俺も下がろうとする。しかし。

「アルノルト。少し残れ」

「はい？」

「残れ」

「はい……」

なぜ俺だけ……。

そんなことを思いながら俺はその場に居残る。そして玉座の間には俺と父上、宰相のフランツだけが残った。

何を言われるのかと思っていると、父上は言いづらそうに何度か口を開き、そして結局諦めてフランツに投げた。

「任せた！　フランツ！」

「ご自分で言うと言ったではありませんか」

「いいからお前が言え！」

「はぁ……アルノルト皇子。残っていただいたのは東部国境にいる第一皇女殿下についてなのです」

「姉上がなにか？」

「実は……縁談の話が来てまして」

「お断りします」

すぐに断ると父上とフランツは情けない表情を見せる。

まったく。この表情だけを見れば、誰も帝国皇帝と宰相とは思わないだろうな。

「そ、そう言わずに……陛下のご息女は三人。クリスタ殿下はまだ幼いですし、ザンドラ殿下は結婚はしないと言い続けています」

「だからといって姉上に縁談とは馬鹿げています。東部国境全軍を預かる元帥ですよ？　帝国に三人しかいない元帥ですよ？　命令できるのは父上しかいないんですよ？」

「だからといってこのままでは嫁の貰い手がいなくなる！　あれはもう二十五だぞ!?」

「そう思うならご自分で伝えればいいじゃないですか」

「何度も手紙を送ったわ！　そして何度も断られた！　しまいには縁談を受けるくらいな

ら皇族をやめると言い出した！　あの親不孝娘め！」

「本人がしたくないならいいじゃないですか……」

「ワシは親だ！　娘の将来を心配する義務がある！　いいか！　アルノルト！　お前はクリスタとも仲が良いし、あれもお前を気に入っている。手紙でとりあえず帝都に来るように説得しろ。できんならお前が東部国境に行け！」

それはあまりにも理不尽な命令だった。そんなことを命じるくらいなら、皇帝命令で呼び戻せばいいだろうに。

しない理由はわかってる。そんなことをして嫌われたくないのだ。長姉とクリスタは父上が最も愛した第二妃の娘だ。とくに長姉は第二妃と瓜二つで、父上は強く出れないのだ。

俺はため息を吐き、仕方なく頷く。というか頷くほかなかった。

あーあ、また面倒な予感がするなぁ。

4

「第一皇女殿下の縁談ですか？」

「ああ、面倒な話だよ」

自分の部屋に戻るとフィーネが紅茶とお菓子で出迎えてくれた。

　それをつまみつつ、俺は深くため息を吐く。

「会ったことはありませんが、噂は幾度も聞いたことがあります。各地を転戦して、武功をあげた姫将軍。その武勇は他国にまで轟き、帝国最強とまで言われているとか」

「誇張じゃないよ。実際、五年前にあの人が東部国境の守備についてからソーカル皇国は身動きを取れなくなった。国境守備を抜本的に改革し、より強固なものに変えてしまったからだ」

「噂通り凄い方なんですね。人間的にはどんな方なんですか？」

　空になったカップに紅茶を注ぎながら、フィーネが聞いてきた。

　礼を言いつつ、俺は紅茶を飲み、姉上が人間的にどんな人なのか考える。

　うーん……。

「一言で表すなら軍人？」

「ぐ、ぐんじん……？」

「ああ、軍人だな。騎士じゃなくて軍人。それを体現しているのが姉上だな」

「想像がつかないのですが……」

「会ってみたらわかると思うけどな。エルナみたいな騎士じゃないんだよ。あの人は軍人なんだ。戦場が恋人。一対一の美学とかもないし、勝てばいいって考え方。その意識は徹底しててさ。皇太子だった兄上が死んだとき、早々に帝位争いには加わらないって宣言してる。誰が皇帝になろうと元帥として仕えるって言ったんだ」

そのせいで軍関係者の多くがゴードンの支持に回った。

武功を立てたい軍人たちからすれば、軍に関係ある皇族が皇帝の座についたほうがいい。その筆頭だったのが姉上で、次点がゴードンだった。

姉上が帝位争いに加わっていたら、今頃ゴードンは姉上の傘下だっただろうな。

「武官は政治に関与しない。国を守ることだけを考える。それが軍人の正しい在り方だって思ってるし、実践してる」

「なんだか聞いていた話と違うような……私が聞いた話ではもっと華やかな語られかたをしていましたが……」

「華やかだよ。背の高い金髪美女だ。そこにいるだけで周囲の視線を自分に惹きつける魅力を持ってるしな。雰囲気は全然違うけど、君に似てるかな」

「えっ……あ、ありがとうございます」

フィーネはなぜか顔を赤くして俯いた。不思議がっていると唐突にセバスが現れた。

「姉上を美女と褒められたあとにフィーネ様に似てると言ったので、フィーネ様は照れておいでなのですよ。美女と言われたようなものですからな」

「そんなの言われ慣れてるだろ？　恥ずかしいものなのか？」

「は、はい！　それはもちろん……人によりますが……」

「そんなもんか。わからんねぇ、その感覚は」

いまだに照れているフィーネをよそにセバスは俺に資料を渡してくる。事前にセバスには今回の縁談相手を調べてもらっていた。さすがに父上も変な相手を縁談相手には選ばないだろうけど、万が一にも姉上が嫌いなタイプだったら俺まで怒られかねない。

とはいえ、見た限り変なところはない。そりゃあそうか。姉上の縁談相手だもんな。

「あの姉上に縁談を申し込むってんだから肝の据わった人だよな。この縁談相手も」

「そうですな。常勝無敗の姫将軍にして、第二妃様の生き写しとまで言われておりますからな。皇帝陛下も御寵愛(ちょうあい)しております」

「第二妃様ということは、クリスタ殿下の」

「同母姉様です。第二妃様は金髪のお美しい方でした。性格も穏やかで、誰に対しても優しいお方だったのをよく覚えています」

「父上がフィーネを気に入ったのもそこらへん繋(つな)がりだろうな。姉上が正反対の性格に育ったから、フィーネはこう育ってほしかったっていう願望の象徴なんだろうな。姉上とフィーネを並べて、どっちが第二妃の娘かって言われたら、何も知らなきゃ絶対にフィーネを選ぶだろうし」

「そうなんですか？　とても光栄です」

本当に光栄に思っているんだろうな。フィーネが満面の笑みを浮かべる。

　こういう素直なところも父上的にはポイント高いんだろうなぁ。

「まぁ、そういう姉上だから父上としては嫁の貰い手が心配なわけだよ。長女だし、ザンドラに縁談を持ちかけても姉上がまだだからって言われたら何も言えないしな」

「そもそも皇帝陛下は第五妃様を好いていませんからな。ザンドラ様の結婚相手にも興味はないでしょう」

「好いておられない？　皇帝陛下は妃の方々を平等に愛していると聞いてますが？」

　セバスの言葉にフィーネが首を傾げる。

　うーむ、こういう話をフィーネに聞かせていいのかどうか。

　悩んでいるとセバスと目が合った。セバスはそこで静かに頷く。なるほど。こういう話もちゃんと聞かせろって意味で喋ったわけか。

　まぁセバスがそういう考えなら異論はないかな。

「表面上はそう振舞ってる。子供たちを区別したりもしない。けど、ある噂が第五妃には付きまとうんだ」

「ある噂？」

「第二妃を暗殺したのが第五妃じゃないかって言われてるんだ」

「妃様が同じ妃様を……？」

「後宮じゃ珍しい話じゃない。ただそれは帝位争いが始まったりとか、子供が生まれるときとか、そういう重大な転換期の話だ。あの時はすでに皇太子がいたし、クリスタも生まれてた。そもそも皇女しかいない第二妃は寵愛されていても重要な立ち位置じゃない。暗殺してまで排除する人物じゃなかったわけだ」

「それなのになぜそんな噂が？」

そう。そこが肝だ。暗殺されるわけがない妃。それがいきなり死んだ。調査はされたが死因は不明。そこで最も疑わしかったのが第五妃だ。

「第二妃と第五妃は年が近くて、公爵家の娘として何かと比べられてきた存在だった。けれど、父上が気に入って妃にした第二妃と違って、第五妃は政略結婚。どちらも最初に娘を産んだけれど、先に産んだのは第二妃。その二人の娘も評判がいいのは第二妃の娘のほう。ザンドラも子供の頃から優秀だったけど、性格に問題があったからな。そういうわだかまりというか、第二妃に対する一方的なライバル意識が第五妃にはあったんだ」

「それが噂の原因ですか？　嫉妬から暗殺したと？」

「わからない。なにせ第五妃はれっきとしたアリバイがある。第二妃が死んだとき、第五妃は皇后と一緒にいた。直接の殺害は不可能だし、調査しても他殺に繋がるモノは見つからなかった。それでも第五妃が疑われているのは、あの人がザンドラの師匠だからだ」

「ザンドラ殿下の師匠？」

「俺が使うのは古代魔法。つまり伝わっていない失われた魔法だ。一方、広く世界に広まっているのは現代魔法。この中でザンドラが得意とするのは禁術という、現代魔法を広めた先人が禁じた魔法なんだ」

まぁ禁術といってもピンキリだ。なぜこんなものを禁じたんだってものもあれば、たしかに禁じるべきだろうなって魔法もある。ザンドラはそういう禁術を研究し、帝国のためになる魔法への禁術認定を解いているのだ。

魔導師からすれば、そうやっていろんな魔法の禁術認定を解いてくれるザンドラは非常にありがたい存在だ。学べる魔法が増えるし、ピンキリといったって禁術になっていた魔法だ。大抵は強力なんだ。

そしてそういった活動を最初にしていたのはザンドラの母である第五妃だった。

「禁止されている魔法を、やっぱりこれは有用なので禁術じゃなくしましょうってザンドラは訴えているわけだが、その過程でどう考えてもやばい禁術も学んでる。当然、それはザンドラの母である第五妃も一緒だ。その禁術の中に人を呪い殺すモノがあったんじゃないかっていうのが噂の原因だな」

「そのような魔法があるんですか？」

「知らんよ。俺は古代魔法しか使えないし。まぁ探せばあるかもしれない。皇帝が調査しても見つからないレベルの呪い魔法。禁術になっててもおかしくはないし、そんなレベルの禁術を探せるのは、大陸中から禁術の魔導書をかき集めている第五妃とザンドラくらいだ」

「ですが……そんな魔法がもしもあったなら……」

「ああ、誰でも暗殺できる。だから疑惑で留まっているんだよ。けど、三年前に皇太子も死んだ。調査をしたけど、暗殺の証拠は見つからなかった。第二妃が死んだときと同じように……それ以来、父上はずっと第五妃に疑惑の目を向けている。表向き、証拠もないからザンドラに禁術の研究を禁じたりしないけどな」

ザンドラの活動が成果を上げているという事実も禁止しない理由の一つだろう。

禁術認定を解かれた魔法のいくつかは、軍用魔法ということで軍にも導入されたり、新たな魔導兵器の開発に貢献したりしている。

隣に魔導大国であるソーカル皇国がいる以上、こういう活動をむやみに禁じてしまうと有能な魔導師たちが皇国に流れかねない。父上としてもジレンマを抱えているんだろうな。

個人的な感情でいえば即刻、中止しろって言いたいはずだ。まぁそういう感情を表に出さないからあの人は立派な皇帝なんだが。

「暗殺されないはずの第二妃様に私怨を持ち、証拠の出ない暗殺ができる人物。それに当てはまるから疑われているのですね？」

「そういうこと。けど、あくまで憶測だ。証拠は何もない。皇太子が死んだときは第五妃もザンドラも帝都にいて、皇太子は前線だ。いくらなんでもこじつけが過ぎる。長距離の呪い魔法なんて古代魔法でもたぶんない。だけど、人が疑いを持つには十分な材料にはなったわけだよ」

そんなザンドラの母の実家は南部にある。そこをレオは突きにいくわけだ。

巡察使という不正を暴く役職はレオにはぴったりだ。真面目だし、些細な改竄もレオは見逃さない。だけど、南部はそんな女を生んだ家が力を持つ地域だ。

何事もなければいいけれど。今回は表立って助けられない。

俺たちに同時期に別々の任務を与えたのは、個人の力量を測るためでもあるはずだ。

「陰ながらフォローしていくしかないか」

「それなら大丈夫ですね。いつものことではありませんか」

「たしかにな」

そんな話をしながら俺は笑みを浮かべて、フィーネの美味しいお菓子を食べるのだった。

5

「では、次の重臣会議の際には東部と帝都を結ぶ新たな道の建設を提案するという方向でよろしいですね？　ベルツ工務大臣」

「はい。モンスターの被害を受けた東部の復興を迅速に進めるには直通の道が必要ですし、その道の建設で雇用を生み出せます。といっても、これもマリー殿が資料を用意してくださったとある公爵家の事業を真似しただけですが……」

「良い案は取り入れるべきですから。採用していただきありがとうございます」

そう言ってベルツ伯爵の屋敷に来ていたマリーは丁寧に頭を下げた。

自分の功績を誇ることもせず、淡々と礼を言うマリーを見てベルツ伯爵は苦笑した。

「レオナルト殿下はよい側近をお持ちだ。マリー殿がいれば政務も捗るでしょうな」

「私などまだまだです。まだ何のお力にもなれていません」

「ご謙遜を。レオナルト殿下の勢力は着々と大きくなっているではありませんか」

「私の力ではありません。すべてはレオナルト様とフィーネ様のご人望です」

「お二人の力が大きいのは確かでしょう。レオナルト殿下の英雄的行動はあちこちで噂になりつつありますし、フィーネ様はあの亜人商会の協力を取り付けました。資金面で余裕が生まれたので、勢力も安定してきましたし、新たに加わる貴族も増えました。しかし、お二人の活躍は傍で支えるマリー殿がいるからでしょう」

「お褒めにあずかり光栄ですが、本当に私は何もしていません。私にできることはあまりないのです」

そう言ってマリーは再度頭を下げると、踵を返して屋敷を去る。それは嘘ではなかった。

側近とはいえ、メイドであるマリーには人があまりついてこない。補佐はできても先導はできない。それがマリーの立ち位置なのだ。

そんなマリーの後ろ姿を見送りつつ、ベルツ伯爵は腹をさすりながら呟く。

「気難しい人だ……機嫌を損ねてしまっただろうか……？」

一切表情も変えず、愛想笑いも浮かべないマリーを見ていると、胃が痛くて仕方なかったのだ。

■■■

ベルツ伯爵の屋敷からの帰り道。

マリーはいくつかの買い物を終わらせると、袋を抱えて城へ向かっていた。

しかし、マリーは足を止めると静かに路地裏へと入った。

すると。

「よう！　姉ちゃん！　俺らと遊んでいかない？」

人気がなくなった瞬間を見計らい、声をかけてきたのは三人組の若い男だった。

どう見てもガラの悪いゴロツキ。

そんな三人に声をかけられたマリーは静かに袋を地面に下ろすと、ゆっくりと振り向く。

「構いませんよ。私もあなた方と遊びたいと思っていましたから」

「おっと！　ノリがいいな！　メイド服なんて着ているからもっとお堅いかと思ってたぜ！　俺たちの秘密の場所があるんだ。そこに」

マリーの肩にリーダー格と思しき男が手をかけようとする。しかし、その手がマリーに届くことはなかった。

「ぎゃぁぁぁぁぁぁ!!!!　俺の手がぁぁぁ!?」

「吐きなさい。誰に言われて私に近づきましたか？」

マリーは袖から出したナイフで男の手を壁に縫い付けてしまったのだ。

表情を変えず、自分の目を覗き込んでくるマリーに男は死の気配を感じた。

「ひっ……！　お、俺たちは何も……」

「嘘をつけばもっとひどい目に遭いますよ？　私が護衛もつけずに一人で歩いているのは、身を守れる程度には実力があるからです。大人しく吐きなさい。帝都のゴロツキがメイドを襲う怖さを知らないはずはないでしょう」

メイドを雇うことができるのは貴族や大商人くらいだ。そのメイドを襲えば、主が黙っていない。メイドを大切にしているからというわけではなく、面子の問題だからだ。やられたままでは決して済ませない。

それを帝都に住む者は知っている。だからマリーは彼らに質問したのだ。

「さ、さっき、そこで黒ずくめの男があんたを攫って来いって……」

そう言って男は空いている手でポケットから一枚の金貨を取り出した。

身柄を引き渡せばさらにやるとでも言われたのだろう。

金に困っている若者を利用する汚い手だとマリーは思いつつ、財布から金貨を三枚取り出した。

マリーの個人的財布ではない。レオから預かっている資金だ。しかし使い方はマリーに任せられていた。

「お金に困っているなら弱者を攻撃するのではなく、働きなさい」

「え……？」

マリーは金貨を一枚、その男のポケットにいれた。そして残りの二人にも投げ渡した。

自分を襲った相手に金貨を渡すという異常な行動に、三人は緊張する。何をされるかわからないからだ。

しかしマリーはリーダー格の男の手からナイフを抜くと、その手を手早く止血する。

「その金貨は報酬です。レオナルト皇子が他国で多くの人命を救ったという話を広めなさい。できるだけ帝都中に」

「噂を流せと……？」

「事実を伝えるだけです。話を盛る必要はありません。それで私の主の評判は上がりますから」

「主って……まさか……あんたって……」

「私はレオナルト殿下専属のメイドです。そんなことも知らずに襲うとは命知らずですね」

「まじかよ……」

どこかの貴族のメイドだと思っていた男たちは、予想外に大物の名前が出てきて体を震わせる。

そんな男たちにマリーは淡々と告げた。

「さぁ、仕事をしてきなさい。それと生きるのに困ったなら城を訪ねなさい。正しく生きているならレオナルト殿下はあなたたちのような人でも見捨てません」

「あ、ありがとう！　感謝します！」

礼を言う男たちをマリーは送り出す。

そんなマリーの後ろからスッと人影が現れた。

「仕事熱心ね。敵の駒を自分の駒にして、レオの評判を広めるなんて」

「エルナ様ほどでは。帝都のパトロールでしょうか？」

「そうよ、志願したの。城にいると民の様子がわからないから」

「なるほど。よきお考えかと思います」

「まぁ、アルの真似なんだけど。遊びに行くついでに民の様子を見てるみたいだし」

エルナは腰に手を当てながら答える。それを見てマリーが眉を少しだけ顰めた。

「アルノルト様は遊ぶ言い訳に使っているだけだと思いますが？」

「否定はしないわ。けど、あれで見るところは見てるのよ？　南部でもかなりお手柄だったし」

「だといいのですが……。エルナ様、申し訳ないのですが彼らの後を追っていただけますか？」

「あなたを攫えと言った奴が接触するかもしれないからね？　いいわよ。それで？　あなたの予想はどこの陣営？」

「ほぼ間違いなくザンドラ殿下配下の暗殺者でしょう。レオナルト様が手柄を挙げたせいか、最近は動きが活発ですから」

「ほぼ間違いないとわかっているのに相手を糾弾することもできないなんて、帝位争いって面倒ね。私だったらさっさと乗り込んじゃうわ」

「明確な証拠が必要なのです。尻尾のつかみ合いは政争の常ですから」

マリーの答えにエルナは肩をすくめる。そしてすぐにその場から消えたのだった。

そんなエルナを見送ったマリーは城へと戻った。

■■■

「以上がベルツ伯爵との話し合いの結果です」

「了解、ありがとう。マリーがいてくれると助かるよ」

「いえ、この程度のことしか私にはできませんので」

「相変わらずだなぁ。あ、この結果を兄さんにも伝えておいてくれるかな？」

「アルノルト様にですか？　必要はないと思いますが」

「頼むよ」

「レオナルト様が望まれるなら、仰せのままに」

そう言ってマリーは資料を持って一礼する。そのまま部屋を出るとアルの部屋へと向かっていく。

途中、すれ違ったレオの陣営に属する貴族からの報告をいくつか受けつつ、マリーはアルの部屋までやってきた。

「失礼します、マリーです。アルノルト様、いらっしゃいますか？」

ノックをして返事を待つ。すぐに扉は開いた。だが、出てきたのはアルではなかった。

「マリーさん。いらっしゃいませ」

「フィーネ様？　アルノルト様はどちらへ？」

「いらっしゃいますよ」

そう言ってフィーネは笑顔でマリーを出迎える。

フィーネの立場ならば入れと言えば済むのだが、わざわざ出迎えるあたりがフィーネらしいとマリーは人の好さに感心する。しかし、その感心はすぐに消え去った。

ソファーでアルがだらしなく昼寝をしていたからだ。そんなアルを起こさないようにフィーネは静かに歩いている。

「アル様は寝てしまっていますから、私がお相手をさせてもらいますね」

「……いつからお眠りに？」

「いつからでしょうか？　結構前からだと思いますが」

かすかに呆れつつ、マリーはフィーネに資料を手渡した。

「ベルツ伯爵が次の重臣会議で提案する案です」

「わかりました。お渡ししておきますね」

「よろしくお願いします。それと……フィーネ様はアルノルト様に甘すぎるのではないでしょうか？」

「そうでしょうか？　疲れているときは寝るのが一番だと思いますし、寝たいなら寝たほうがいいと思います！」

「アルノルト様がご立派に仕事をなされているならそれでもいいかもしれませんが、遊んでばかり、寝てばかりでは評判は下がる一方です。フィーネ様のご評判も落ちかねません」

「私は構いません。それで評判が下がり、遠のく人ならば縁がなかったということでしょう。それにアル様はこう見えて仕事熱心ですよ？　人が見てないところで仕事をするのが好きなんです」

「フィーネ様からすれば誰でも素晴らしい人間に見えるようですね……」

何を言っても無駄と察し、マリーは一礼して部屋を出る。

そして歩きながらアルのだらしない寝顔を思い出す。エルナもフィーネもアルを高く評価している。そしてその筆頭がレオだ。

兄弟だからと思ってきたが、そうじゃない人物まで評価するようになってきた。本当に何か特別なモノを持っているのかもしれない。

しかし、それと同等以上にただの自堕落という可能性もあるというのが頭の痛い話だった。

「少しはまともになってきたと思いますが、もっとちゃんとしてもらわなければレオナルト様に迷惑が掛かりかねません。これからは小言を言うとしましょうか」

そう決意しながらマリーはレオの下へと戻ったのだった。

6

俺もレオも任務を任されたとはいえ、すぐに帝都を出発するわけじゃない。

準備もあるし、俺にいたっては姉上次第だ。

その間に俺たちはできることをそれぞれやっていた。レオは有力者との会談、そして取り込み。俺は亜人商会の代表への対応だ。

「どんな人なんだ？」

「良い人ですよ」

「フィーネの良い人はあてにならないからなぁ」

「そんなっ⁉」

ショックを受けたようにフィーネが叫ぶ。だが、事実だ。フィーネやレオに人類を選別させたら大抵は良い人になりかねない。この二人は人の悪い部分より良い部分を見る。

俺とは逆だ。トラウ兄さんを見て、この二人は良いところをまず探す。俺はまずデブだなって思う。これが人間力の差というやつだろう。

ただし悲しいことに、世の中は後者の感想を抱く奴のほうが生きやすいようにできている。だからこそ、支えてやろうって気になるんだが。

「お待ちしておりました。殿下、フィーネ様。代表がお待ちです」

「聞いてはいたがエルフが秘書とはな。どういう経緯で亜人商会に？」

部屋の前で俺たちに挨拶したのはエルフの秘書だ。

フィーネたちから聞いてはいたが珍しい。エルフというのは各地の隠れ里で寄り集まって暮らしている。閉鎖的で里の周りには結界を張って、外に出ないことが多い。エルフという言葉を聞いた者は多くても、エルフを見た者はそう多くはないだろう。

長命で容姿端麗。長老の中には千年生きている者もいるらしい。

そんなエルフが外で多くの者と関わっているだけでも驚きなのに、商会で吸血鬼（ヴァンパイア）の秘書をしてるってのはちょっと信じがたい。

「私たちエルフは閉鎖的です。それが種族としての特性なのです。しかし、私は外の世界を見てみたかった。エルフの中では異端だったのです。だから里を出て、外の世界に出ました。けれど、外の世界は私が思っているよりもずっと厳しいものでした。そんなとき、代表が私を商会にいれてくれたんです。この商会はそういう亜人たちの受け皿なのです」

「良いお話ですね。アル様」

「作り話じゃないならな」

あえてそういう風に言ってみた。フィーネがなぜそんなことを言うのかと視線で俺を咎（とが）めるが、気にしない。俺の言葉を聞き、エルフの秘書が少しだけ目を細めた。いくぶんか機嫌が悪そうになりながら、信じるかどうかはお任せしますと告げて一歩下がった。

どうやら本当の話みたいだな。

「失礼する」

俺は代表の部屋へと入っていく。すると聞いていた話とは違うことが起きた。

「お初にお目にかかります、アルノルト殿下。亜人商会の代表を務めるユリヤと申します」

銀の髪を盛り、体を包むのはきわどいドレス。病的に白い肌が惜しげもなくさらされている。特徴的な赤紫色の瞳は興味深そうに俺を見ていた。

吸血鬼らしく綺麗な容姿をしている。白い肌の感じといい、見ていると東部で出会った吸血鬼を思い出させる。奴らを思い出すとついつい、落ちていくフィーネの姿も思い出してしまう。

やや不快そうな表情になったんだろう。ユリヤは苦笑して頭を下げた。

「まったく関係ありませんが、同族がしたことを謝罪いたします。帝国東部にて、殿下や陛下の命を危険に晒してしまい、本当に申し訳ありませんでした」

「……失礼した。第七皇子、アルノルト・レークス・アードラーだ」

フィーネがせっかくまとめた関係を俺が壊してちゃ仕方ない。すぐに謝罪して俺はフィーネと共に席についた。

　フィーネたちのことは待たせたらしいが、俺相手にはしてこない。試す段階は終わったということだろうか。まぁ彼女たちも俺たちが必要だしな。

「して殿下。今回はどのようなご用件で？」

「単刀直入に言わせてもらう。フィーネをどう使う気だ？」

　フィーネの名を貸してほしい。それが彼女の出した条件だ。

　俺の考えが正しいならば、彼女は帝都で初となる商品の売り出し方をする気だ。

「どう使う気というのは人聞きが悪いですね」

「敬語はよしてくれ。自然でいい。どうも聞いてて違和感がある」

「あら、そう？　せっかく皇子用にお客様対応モードにしたのに」

「俺はお客様じゃない。取引相手だ。腹の内が読めない喋(しゃべ)り方(かた)はよせ」

「まぁそっちがそう言うならやめるわ。あたしもこっちのほうが楽だもの」

　そう言ってユリヤは人好きのする笑みを浮かべた。商人は大抵そうだが、人たらしの素質を持っている。他人に取り入り、気づけば懐に潜っている。

　ユリヤも例外ではないんだろう。

「フィーネの使い道だけど……どう使うと思っているのかしら？」

「質問に質問で返すな」

「いいじゃない。出涸(でが)らし皇子がどれくらいできるのか気になるのよ」

「そのあだ名を知っているなら不要だろ。無能だから出涸らしなんだ」

一連のやり取りのあと、ユリヤはスッとフィーネのほうに視線をやった。

まずい。そう思ったときには遅かった。ユリヤはニンマリと笑う。

「そんな無能が喋っているのに、フィーネに慌てた様子がないわ。むしろ信頼すら感じるのだけれど？」

「え？　あ、えっと……」

「フィーネを広告として使う。フィーネが使った物と宣伝し、可能ならフィーネの絵を店に出す」

フィーネの反応で見抜かれた以上、誤魔化すだけ無駄。さっさと話を進ませるために俺はそう自分の中にあったプランを話す。それを聞くとユリヤは少し驚いた表情を浮かべた。

「驚いたわ……無能を装ってると思ってたけど、思った以上に切れ者なのね。能ある鷹は爪を隠すって言うけど、そのとおりのようね」

「別に装ってないし隠してもいない。何にもやる気を示さなかったら、周りがそういう風に呼び出しただけだ」

「今は違うのかしら？」

「弟を皇帝にすると決めた。弟はフィーネと似ている。世の中を生きていくには誠実すぎる。だから周りが守ってやらなきゃいけない。騙し合いや駆け引きは俺の担当だ。レオや

「フィーネを欺く奴は俺が潰す」

「……肝に銘じておくわ」

睨みつけ、視線でユリヤを牽制する。

得体のしれない恐ろしさを感じたんだろう。ユリヤは少し緊張した様子で答えた。

それを見て、俺は警戒を解いていつも通り再度問う。

「それで？　フィーネをどう使うつもりなんだ？」

「……大体はあなたの考えと一緒よ。最初は化粧品を売るつもり。あの蒼鷗姫が使っている化粧品っていえば飛ぶように売れるわ」

「だろうな。そして亜人商会というマイナスイメージもそれで払拭される。堂々と帝都に参入できるわけか」

「あたしたちばかりが得しているみたいな言い方はしないでほしいわね。ちゃんとやることはやるわよ」

「まぁそれは少し先だな。まずは対抗勢力に協力してる商会を潰せ。資金源を断ってやれば派手な動きはできなくなる」

簡単そうに言う俺に対して、ユリヤは小さくため息を吐く。まぁその反応は正しい。

なにせ対抗勢力に協力している商会は、どれも帝都に根を張る大商会だ。潰すなんてほぼ無理だ。

「対抗勢力に協力できない程度の打撃を与えろってことなんだろうけど……半殺しくらいでいいのかしら？」

「いやもうちょっとだな。四分の三殺しくらいで頼む」

「ほぼ死んでるじゃない……ま、努力はするわ。あとはそちらへの資金援助だけど、どれくらい必要なの？」

「今は必要ない。必要なとき、必要なだけ用意してくれ」

「お金が湧いてくるとでも思ってるの？　大きな金額になればなるほど、そんなにすぐには用意できないわよ？」

「わかってる。それでもやれと言ってるんだ」

厳しい要求にユリヤは呆れたように首を横に振った。だがユリヤは頷くしかない。

これくらい厳しい要求をクリアできないならフィーネを貸してはやれない。

「まったく……とんでもない勢力に手を貸すことになったわ」

「恨むならフィーネを恨むんだな」

「嫌よ。こんな健気で可愛い子は恨めないわ。恨むならあなたを恨むわ」

「勝手にしろ。さて、行くぞ。フィーネ」

「あ、は、はい！」

出されたお茶菓子を堪能していたフィーネは慌てた様子でそれを食べきって、立ち去る準備を始める。それを見てユリヤが唇を尖らせた。

「もうちょっとゆっくりしていってもいいじゃない」

「あいにく、やることが多くてな。そっちはそっちで商品の準備を始めてろ。頃合いを見てまた連絡する」

「ふーん。ねぇ、アルノルト。あなたがどうしてもって言うなら全力で協力してあげてもいいわよ？　あたしが一声かければほぼすべての亜人が協力してくれる。どう？」

「時機が来たら頼むかもな。今はその時じゃないし、代償が何になるかわからんから遠慮しておく」

妖艶な表情で俺を見つめてくるユリヤの誘いを俺は断った。

どうもこの女には魔性の雰囲気を感じる。悪い印象はないが、かといって良い印象もない。なんだろうか。好奇心旺盛な猫というべきか。

突っ込んでほしくないところまで首を突っ込んできそうな感じがする。探られて困ることがないなら別にいいんだが、あいにく探られて困ることしかない。

商人として有能なのは間違いないが、今はなるべく距離を取ろう。

そう決意して俺はユリヤの下から立ち去った。

7

「レオナルト。ではしっかりと頼むぞ」

「はっ。陛下の目となり、耳となり、不正があればすべて暴いてみせます」

「うむ」

そう言ってレオは父上から紫色のマントを渡された。巡察使の証だ。

このマントをつけている限り、レオはいかなるモノにも阻まれない。

「妥協はするな。満足するまで調べてこい」

「はっ」

そうしてレオはマントを羽織って玉座の間を後にしていく。ほかの者も下がっていくが、俺は下がらない。父上が俺に用があるような顔をしていたからだ。

「心配か？」

「心配なんてしませんよ。レオは優秀ですから」

「しかし柔軟性には欠ける。そこをお前が補っていた。だが、今回お前は傍にいない」

「レオが一人でどれほどできるか見たいと思っているなら、そうは問屋がおろさないでしょうね」

「ほう？　なぜだ？」

「あいつは人の力を借りるのが上手い。力を貸してやりたいと周りに思わせる奴なんです。だから俺がいなくても誰かがあいつに力を貸しますよ」

「そうか。それならそれでよい。だが、お前のほうはどうだ？」

　父上の言葉に俺は顔をしかめる。

　レオ同様、俺も任務を与えられている。任務というには軽すぎるが。

「どうでしょうね。やれるだけやりますが期待はしないでください」

「そういうわけにはいかん。長女の縁談はお前にかかっているのだからな。あれが結婚しなければザンドラも結婚せんだろ」

「責任重大ですね。けど、失敗しても怒らないでくださいね。相手はあの姉上なんですから」

「ああ、そこはわかっておる。だがな、アルノルト。ワシはもう五十を超えた。あまり時間がないのだ。だから娘の花嫁姿が見たい」

「ご病気をお持ちだと聞いた覚えはありませんけど？」

「病気は持っておらん。だが、ワシが老いれば抑えは利かなくなるだろう。いずれワシは排除される。誰が皇帝になろうとな。ワシがそうだった」

　少し遠い目をして父上は城から見える街を見渡す。あとどれほどこの光景を見ていられるのか。そんなことを思っているのかもしれない。

帝位争いは子供たちの間で行われているがそのゴールである席には父上が座っている。

当然、勝利者は父上を退かすだろう。そうなれば娘の花嫁姿を見ているどころではない。

「いつになく弱気ですね」

「今日は夢に第二妃と皇太子が出てきた。懐かしかった……。ワシはあと何人懐かしめばいいのだろうな」

「お嫌なら帝位争いをお止めになればいい。皇太子を任命して、お力がある間にほかの子供たちを地方に飛ばせば命だけは助かるでしょうね」

「それはできん。勝ち取ったものと譲られたものでは価値が違う。帝位は勝ち取るものだ。だからこそ強い皇帝ができる。だからこそ帝国を守れるのだ」

「なら弱気になるのはやめていただきたい。あなたは止める力がありながら止めないんだ。そのせいで俺の弟が馬鹿らしい身内争いの渦中にいる。あなたのように思う人は大勢いる。だけど、誰も声を上げないのはあなたが帝位争いを容認しているからだ。必要なことと割り切って、自分に言い聞かせているんだ。あなたの弱気はすべての参加者への侮辱だ。今更後に引くなんて俺は許さない……！」

皇帝が後継者を任命するシステムならこんな争いは起きない。

だが、任命された後継者よりも勝ち取った後継者のほうが強い。その理論はわかる。勝者は勝ち取ったものを誰かに奪われることを容認しない。だが、譲られたものなら自分のものという意識が薄い。そこに意識の差が生まれる。

帝国を守る皇帝を生むならば帝位争いは必須。その考えの下、幾度も馬鹿げた争いを繰り広げているんだ。

「……息子に説教をされるとはな。しかもよりによってアルノルトとはな」

「御無礼をお許しください」

「よい。どうもフランツがいないと弱気が顔を出す。すまんな。先ほどの言葉は忘れよ」

「はい」

「……アルノルト。かつてお前に見せた姿をまだ覚えているか？」

「ご安心を。忘れたことはありません。あのときのお言葉も覚えています」

「そうか……ならば安心だ」

そう言って父上は俺を下がらせる。帝位争いが本格化してきたせいで、父上も色々と考え始めたか。レオが皇帝になれば父上も安全なんだろうが、自分の安全のためにレオを皇太子に任命することはないだろう。

弱気が顔を出しても、皇帝としての責務に縛られている人だ。

「やっぱり勝ち取るしかないか」

そう呟いて俺はレオを見送るために城の外へ向かうのだった。

■■■

「それじゃあな。体には気をつけろよ」

「うん、兄さんも頑張ってね」

「ほどほどにやるさ」

そう言って俺たちは別れを告げた。

長い会話はいらない。これが今生の別れってわけではないしな。

「アルノルト殿下」

「相変わらず堅苦しい呼び方だな。リンフィア」

「ほかの方のように気安く呼べる身分ではありませんから」

「身分なんて関係ない。まぁ君がそれがいいならそれでいいけど。ここまで来るのに、時間が掛かって悪かった」

「いえ、何から何までありがとうございます」

「命を助けてくれたことと、俺たちがいない間、フィーネたちを守ってくれたお礼さ。この程度じゃ全然足りない」

「私は大して役には立っていません。それなのに至れり尽くせりです。正直、心苦しいのです」

そう言ってリンフィアは目を伏せる。だがそれは謙遜だ。

見事にフィーネたちを守ってくれた。それは俺たちの最大のピンチを救ってくれたということだ。冒険者を村に派遣し、こうして不正を暴くだけでは足りないくらいの恩が俺たちはリンフィアにある。

「まぁリンフィアがそう思うのは勝手だけど、俺たちは感謝している。だから村の問題は絶対に解決してみせる」

俺はリンフィアに拳よりやや大きい程度の袋を渡す。

ずっしりとした重さを感じてリンフィアは中を覗く。

そこには金貨が入っていた。しかも袋の中は見た目よりもずっと広い。

「こ、これは……⁉」

「付与魔法で作られた袋だ。見た目の十倍は広い。んで、中の金貨は俺の金だ。国から支給されてた。使う機会もなくて結構貯まってたんだ。帝位争いの資金にしようかと思ったけど、君が商会と繫がりをつけてくれたから当面は必要なくなった。君に預けるよ」

「そ、そんな！　このような大金をどう使えと⁉」

「レオに渡しても有効には使えない。君なら有効に使える。レオは常に正攻法を好む。君が助けてやってほしい。それがきっと君の村を救うことになると思うんだ。それと、金は使うときに使ってなんぼだ。返さなくていい。あれなら村の復興に使うんだ、いいね？」

「殿下……」

「できるなら一緒に行きたいんだが、そういうわけにもいかない。最後まで面倒を見れなくて申し訳ないが、これぐらいはさせてほしい」

「……感謝いたします。この御恩は決して忘れません。絶対にレオナルト殿下のお力になってみせます」

そう言ってリンフィアは頭を下げた。

当然か。その袋に入っているのは皇子として支給された金、およそ十年分だ。ポンと渡すほうもどうかと思うが、俺にはシルバーとして稼いだ金がある。管理はセバスがしているが皇子として支給される金よりもそっちのほうが多い。とはいえ、痛くもかゆくもない金額ってわけでもない。だが、この金なら南部の貴族を動かそうと思えば動かせる。リンフィアならレオじゃ思いつかない方法でうまく使ってくれるだろう。

「大げさだな。恩があるのは俺たちのほうさ。これはお礼だ。気にしなくていい」

「……このようなことを今申し上げるのは不謹慎かもしれませんが、あのときあなたが襲われていてよかったです。あれがあったからあなたと出会えた。そしてあなたは私に手を差し伸べてくれた。あの時の安心と喜びは私にしかわかりえないものです。今ならわかります。フィーネ様があなたを信頼する理由が。村の問題が片付いたらきっと戻ってきて、お力になります。どうかレオナルト殿下のことはお任せください」

「堅苦しいなぁ。でも、そういうリンフィアだから任せられる。弟をよろしく頼む」

「はい、お任せください」

リンフィアは深く頭を下げるとレオが乗り込んだ馬車に自分も乗り込む。

馬車の周りには近衛騎士たちもいるが、個人的な身辺警護はリンフィアに一任されている。それだけレオもリンフィアを信頼しているということだ。

「じゃあ行ってくるよ！」

「おう。無理そうなら諦めて帰ってこい」

「あはは、兄さんも無理そうなら諦めた方がいいよ。南部の貴族より姉上のほうが手強いだろうからね」

「違いないな」

そんな風に馬車から顔を出したレオと喋りながら、俺は少しずつ離れていく馬車を見送った。さて、あとは心配しても仕方ない。

「俺は俺のことをやるか」

まずは姉上の縁談相手と会ってみよう。そうしてから手紙を書いたほうがきっと姉上も心動かされるはずだ。忙しくなるぞ。

8

後宮の一室。そこにザンドラが訪れていた。

「お母様！　お母様！」

侍女たちをいないものと扱い、ザンドラはズケズケと室内に入っていく。

そこは皇帝の第五妃の一室。ザンドラの母の部屋だった。

その主である緑髪の女性は一つため息を吐いて、娘を迎えた。

「どうしたの？　ザンドラ。そんなに騒いで」

「騒ぐわよ！　レオナルトが巡察使となって南部に行ったのよ!?　私たちの支持基盤にレオナルトが行ったの！」

ヒステリー気味に騒ぐ娘を見ながら、緑髪の女性、ズーザンはそんなことと笑った。

母の余裕ある笑みが気にくわなかったのか、ザンドラは苛立ちをこめて風の鞭を作って近くにいた侍女をぶつ。

「きゃああ!?　お、お許しを!!」

「うるさい！　うるさい！　あの！　レオナルトが！　伯父様たちのところに行ったのよ!?　いくらでも私たちを貶めることができる権利をもって！」

「ああ‼　ぐっ！　お、お、ゆるし……」

「うるさいのよ！　黙ってなさい！　あんたたちは叩かれるためにいるのよ！」

そう言ってザンドラは気絶してぐったりした侍女を執拗に叩き続ける。

ようやく気が収まったときには侍女は血だらけとなっていた。

普通ならば気が収まれば少しは罪悪感を覚えるところだが、ザンドラはまったく気にした様子もなく母との会話に戻った。

「レオナルトのことよ。徹底的に調べあげるに決まってるわ。あの一件が露見すればさすがに言い逃れできないわ」

「気にしなくていいわ。南部のことはお兄様に任せてあるもの。上手くやってくれるわ。失敗したとしてもすべての責任はお兄様にいく。私たちに飛び火することはないわ」

「でも南部の支持を失うのは困るわ」

「いいのよ。あなたの研究が上手くいけば怖いものなんてないでしょ？」

「そうだけど……」

「あなたと私さえ無事なら帝位は取れるわ。帝位を取ってから南部の貴族たちに報いればいいの。一時的に見捨てるくらい許してくれるでしょう。彼らだって強い者には従うわ」

そう言ってズーザンは笑う。それは妖艶で、しかし苛烈な笑みだった。

ザンドラのように表に出さない分、ズーザンは静かに内へ溜め込む傾向にある女だ。

長年にわたって攻撃性を内に溜め込んだズーザンの笑みは、見た者の背筋を凍らせてしまうほどだった。

「私は陛下の命令で禁術研究は行えないわ。あなただけが頼りなの」

「わかってるわ。お母様」

「あなたは優秀な子。誰よりも皇帝になる資格を持っているわ。私の素質も引き継いでくれた。そろそろ奴隷商人が子供たちを連れてくる頃よ。あなたのモルモットがまた届くの。必ず完成させるのよ。究極の呪いを」

「ええ、やってみせるわ。そして私を苛立たせる者を全部呪い殺してあげるの。私が心を煩わせるなんて間違ってるわ。気に入らない者は全部殺してやるの」

「そうよ。その意気よ」

自分と同じ緑髪を撫でながらズーザンは愛おし気に愛娘を見つめる。

引き継いでほしい素質をすべて引き継いでくれた、自分のコピーといってもいい娘。

ザンドラが帝位につくということは、ズーザンが帝位につくことに等しい。

「いざとなれば私がまた邪魔な奴らを排除してあげるわ。あなたはあなたで出来ることをやりなさい。大丈夫よ。私たちに味方は多いわ」

「はい、お母様」

そう言って母子は抱き合う。

皇帝がその光景を見れば、本当に自分の妃と娘なのか疑うだろう。
どちらも見る者を戦慄させる笑みを浮かべていたからだ。
その光景を唯一見ていた侍女たちは必死に顔を伏せる。
そして祈るのだった。早くこの地獄が終わってほしいと。

第二章　ラインフェルト公爵

1

ユルゲン・フォン・ラインフェルト。二十六歳。

東部と南部の間を領地とするラインフェルト公爵家の若き当主。つまり公爵だ。

ラインフェルト公爵家は領地自体は大きくない。そもそも公爵家の中では比較的新しいほうだ。しかし、特産物や鉱物の取引で大きく栄えており、そういう面では十分に姉上の結婚相手に相応しい結果を残している。

「とはいえ、そこまで家格を気にする人じゃないからな」

資料に目を通しながら俺は呟く。ネックとなっているのはセバスが持ってきた資料に書いてある、武芸は苦手という言葉だ。

根っからの軍人である姉上は、戦場で役に立つかどうかを重視する。夫にするならば単純に強い者を好むだろう。武芸に秀でているでもいいし、指揮官として優れているでもいい。とにかく戦場でアピールできる何かが必要だ。

「さて、どうするべきか」

「アルノルト様。報告がございます」

「どうした？　セバス」

「皇女殿下の縁談相手であるラインフェルト公爵が帝都にお忍びで来ているそうです」

「はぁ⁉　仮にも公爵だぞ⁉」

「フットワークの軽い方だそうで、非公式に陛下にお礼を申し上げにきたそうです」

「お礼？　縁談を受け入れたことにか？」

「それが……ラインフェルト公爵は幾度も縁談を申し込んでいたそうです。その、十年以上前から第一皇女殿下に」

……十年以上前？

なんだ、それ。ずっと片思いしててアタックし続けたのか？

そういう話が表に出なかったということは断られ続けたということだ。あの父上のことだ。姉上に話をもっていかないわけがない。つまり。

「十年以上、姉上はラインフェルト公爵を振り続けてるのか⁉」

「そうなりますな」

「そうなりますなって……そんなのもうノーチャンスだろ⁉」

「おそらく第一皇女殿下に縁談を持ちかけた公爵家はかなりあったはずです。そして今に至るまで断られても申し込み続けるラインフェルト公爵に心打たれ、皇帝陛下も積極的に動いたのではないかと」

「積極的に動いて断られたから俺に丸投げしているんだ。美談みたいに語るな」

予想外に無理難題だぞ。これは。一体、どんな人なんだ？　ラインフェルト公爵って。

よほど姉上の好みから外れているんだろうな。

「しょうがない。俺も会う」

「それしかないでしょうな。おそらく皇帝陛下もそう思っているはずです」

そう言った瞬間、扉がノックされた。おそらく父上からの呼び出しだ。

さて、未来の義兄上候補に会うとするか。

■■■

うわぁ、きついなぁ。

それがユルゲン・フォン・ラインフェルトを見たときの第一印象だった。

父上がお忍びでユルゲンと会ったあと、俺もユルゲンが滞在している部屋を訪ねていた。

「お初にお目にかかります。アルノルト殿下。僕はユルゲン・フォン・ラインフェルト。少し前にラインフェルト公爵位を父より譲り受けました」

そう言って人の良さそうな笑みを浮かべるユルゲンの身長は俺より少し小さかった。

俺が平均くらいだから成人男性としてはやや小さいといったところか。

問題なのは横幅だ。確実に俺より体重があるだろうな。

見た目の印象は小太りの子熊って感じだ。人の良さそうな笑みを見ていると優しそうと感じるが、残念ながら姉上の好みとは真逆だ。顔も不細工というわけじゃないが、特別イケメンというわけではないし、外見面ではかなり辛い。

「こちらこそお初にお目にかかります。第七皇子のアルノルト・レークス・アードラーです」

自然と敬語が出たのは人の良い笑みと雰囲気をユルゲンが持っていたからだろう。

この人相手に高圧的に出るのはちょっと俺には無理だ。たぶん見た目どおりすごい良い人だ。それがにじみ出てる。だけどなぁ。

「皇帝陛下より、アルノルト殿下がリーゼロッテ殿下との仲を取り持ってくれると聞いたのですが、それは真ですか？」

あの父はまた余計なことを……。

リーゼロッテ・レークス・アードラー。第一皇女にして元帥。皇族最強の将軍だ。そんな相手との仲を取り持つとか俺にはだいぶ無理難題なんだが、理解しているんだろうか。

「ええ、まぁ……皇帝陛下からそう言いつけられていますが……」

「ならば安心だ。リーゼロッテ様はご兄弟の中ではクリスタ殿下とあなただけに心を開いていると聞いています」

「……失礼ですが、それは誰に聞いたのですか？」

「ご本人ですが？」

「……リーゼ姉上と連絡を取っているのですか？」

なんとなく嫌な予感を覚えた。

リーゼ姉上が皇族内で心を許しているのはたしかに俺とクリスタだけだ。常に戦場にいたリーゼ姉上が帝都にいることは珍しい。だからリーゼ姉上はわりと手紙を出してくる。かつては俺とクリスタ、そしてレオに手紙を送ってきたが三年前からレオには一枚も手紙を送ってこなくなった。

なにがあったのかレオに訊ねても答えないし、姉上も説明しない。これを知っているのはごく一部の人間だけだ。

それを本人から聞くとか、この人はどういう立ち位置なんだ？

「ええ。僕のほうから手紙を何度も送らせていただいているので。最初は文通友達からと思ったのですが、意外に上手くいかないものですね。だいたい三通送ったら一通返ってくるかどうかですね」

「な、なるほど……」

い、意外に行動派だな。

あの姉上にそこまで積極的にアタックできるなんてある意味猛者だ。

とても真似（まね）できない。しかも三通送って一通返ってくるって、二通スルーされるってことじゃないか。耐えられないぞ、俺には。

「皇帝陛下から僕とリーゼロッテ様の出会いを聞いていますか？」

「いえ、父からは何も……」

「あれは二十年前のことでした」

「二十年⁉」

出会いから二十年って。この人、六歳頃から姉上と知り合いなのか⁉

「ええ、僕が初めて帝都に来たとき、貴族の子供たちによる剣術大会がありましてね。しかし僕の相手は大柄で年上でした。完膚なきまでに打ち負かされた僕は、不公平だと泣いていたのですが、そこに小さな女の子がやってきて、こう言ったんです。努力もせず勝とうとするのが悪い、と。年も体格も関係ない。向こうのほうが努力している太刀筋だった、と。その少女は大会に飛び入り参加すると見事に優勝してしまいました。そこでようやく僕はその女の子が当時、五歳のリーゼロッテ殿下だと知ったのです。自分の未熟さを棚上げし、泣いていた自分が無性に恥ずかしくなる一方、僕はリーゼロッテ様に見惚れてしまっていました。あの姿はよく覚えています。とても綺麗でした。今でも世界で一番綺麗な方だと思っています」

「……つまり一目惚れしたと？」

「ええ、そのとおりです。僕は一目で心を奪われたんです」

恥ずかし気もなくそうユルゲンは言い切った。

この人……意外なほど積極的か？

「それでその大会の後、僕はすぐに求婚しました」

「ん？　え？　え？　その場でですか？」

「ええ、この人しかいないと思ったので。ビビッと来たんです。ただ容赦なく断られました。そして言われたんです。私に相応しい男になったら考えてやると。だからこの人の横に立てるほどの男になろうと決意しました。そこからはとりあえず実家を大きくすることから始めました。僕は武芸は全然駄目だったので、商いを学び領地を豊かにしました。そして成果が出始めた十五の頃。もう一度、求婚に行きました。今度は皇帝陛下を通じての縁談申し込みでした。しかし答えはノー。後はその繰り返しです」

ユルゲンは苦笑するが俺はとても笑えない。二十年も片思いしてずっと姉上を想っているのか。柄にもなく感動してしまった。世の中にはいるんだな。立派な人が。

　ただ残念ながらそれだけ駄目ならもはや望みはない。姉上は考えを変えない人だからだ。

「個人的に手紙を送ってみたり、貴重な剣を贈ってみたりしたんですがあまり効果はありませんでしたね。僕自身も軍に入ってみたのですが、すぐに追い出されてしまいました。どうやらリーゼロッテ様の耳に入ってしまったようで。それ以来、僕は軍の敷地には近づけないんです」

「……どうしてそこまでするのですか？　姉上が魅力的な女性だからですか？」

「そうですね。そうなのでしょう。あの方はお綺麗でお強い。僕の理想の女性だから僕も好きになったのでしょう。ですが、今はそういうの関係なく、リーゼロッテ様が好きなのです。愛しています。どうかお力添えを。僕はあの人しか愛せません」

　お、重い……。なんて重さだ。二十年の片思いとか、普通は諦めるぞ。

　断り続ける姉上も姉上だが、めげないこの人もわりとどうかしてる。

　おそらく現在、姉上に求婚している貴族はこの人だけなのだ。この人が諦めれば、姉上の結婚はとんでもなく遠くなる。だから父上は焦ってこの縁談をまとめようとして俺に話を持ってきたんだろうな。

　良い人だ。それはわかる。二十年も姉を想ってくれているのは弟として嬉しいし、相応しい男になろうと色々とやって成果を出しているのもすごい。

　たぶん姉上以外に目を向けることができたなら、嫁には困らないだろう。

それでもこの人は姉上以外見ない。愛している。その言葉に真摯だからだ。

はぁ……難儀だな。どうも一生懸命な人は放っておけない。

そういう性分なのかもしれないな。

「わかりました。やれることはやります。ですが期待はしないでください」

「いえ！　真に心強い！　大抵、手紙の返信がくるときは帝都に行くと伝えたときなのです。会わなくてもいいから、あなたやクリスタ殿下の様子を見聞きしてほしいとリーゼロッテ様は書いていました。文章からわかります。あなた方のことを心配しているのだと」

「そう、ですか……あの姉上が」

かつてはその中にレオも入っていた。この問題に本格的に取り組むならそういうことも聞かなきゃ駄目かもしれない。覚悟を決めて俺は深呼吸をする。

失敗しても父上は怒らないだろう。だが、花嫁姿が見たいというなら見せてやりたい。

この一途な公爵の力にもなってやりたい。

「ラインフェルト公爵。俺はあらゆる手を使って、あなたのことを姉上にアピールします。その対価として」

「帝位争いへの助力ですね。承知しました。元々、レオナルト殿下が帝位争いに名乗りをあげたと聞いたときから、あなたも参加したのだろうと思っていましたし、御助力するつもりでした。微力ながらラインフェルト公爵家はあなた方を支援しましょう。成功しなくてもこれは変わりません」

「それなら話は早い。では作戦会議といきましょうか。姉上は強敵ですからね」

そう言って俺は笑いながらユルゲンと会議を始めたのだった。

2

「な、なかなかやりますね……！」

「そちらこそっ！　僕と互角の人なんて今までいませんでしたよ！」

そう言って俺たちは木剣を振る。

互いに武芸が苦手な者同士、太刀筋は不安定で威力に欠ける。しかし、俺とユルゲンとしてはわりと白熱した試合をしているつもりだった。あくまでつもりだが。

試合を終えて見ていたセバスに訊ねる。

「はぁはぁ……どうだ？」

「どんぐりの背比べですな。子供のチャンバラのほうが安心して見ていられるかと」

「やっぱり……」

ユルゲンはがっくりと肩を落とす。

底辺同士の互角の戦いは見る者からすれば、子供のチャンバラのほうがマシなのではと思わせるようなひどい試合だったようだ。駄目だ駄目だと言われているから、どれほど駄目なのか見てみただけだ。互いにタオルで汗を拭いて、次の手を考える。

「とりあえず剣術は駄目ですね……ほかに得意なものは？」

「得意ですか……ずっと稽古を続けてきたものはあります」

「それは？」

「ハルバードです」

用意してある武器の中からセバスが練習用のハルバードを取ってくる。

槍斧と称されるハルバードは槍の穂先に斧がついている。用途の広い武器だが、とにかく重くて扱いづらい。開発したのはたしかドワーフで、リーチの短い彼らの弱点を補うための武器だ。

使いこなせば強いだろうが、人間の素人が使うなら普通に槍を使ったほうがいい。

「どうしてハルバードなんです？」

「十五歳の頃、縁談を申し込んだときにリーゼロッテ様にも直接会ったんです。そこで武器の使えない者とは結婚しないと言われましてね。一応、僕としても想定通りでして、槍の稽古をしてきたんです。ただ、リーゼロッテ様には通用しませんでした」

「そりゃあそうでしょうね……」

リーゼ姉上は将としても強いが、もちろん個人としても恐ろしく強い。

どの武器を使わせても達人級の腕前だ。付け焼刃じゃ歯が立たないだろうな。

「そのとき言われたんです。お前の一撃は軽すぎると。当時、僕は非常に痩せていましてね。まして背も低いですから。当時の僕ではリーゼロッテ様を納得させる一撃を加えることは不可能だったんです。だから重い武器を選びました。ただ、これを振るとバランスを崩してばかりだったので」

「まさか……」

「ええ、一杯食べて太りました。筋肉をつけても僕には限界があったので」

不憫だ……。

ハルバードを持ったユルゲンはなんというか、安定感があるし素振りにも威力があるように思える。振る姿も様になっているが……まさかそのために体型を犠牲にするとは。

姉上……あなたの言葉で人生変わってる人がいるんですが。俺は不憫で仕方ありませんよ。遠くにいるリーゼ姉上に内心で語りかけつつ、俺はセバスを見る。

「どうだ？」

「これはなかなかですな。皇女殿下に通用するかと言われると微妙ですが」

「姉上に通用することを条件にしだしたら、将軍や近衛騎士とかくらいしか該当しなくなる。向こうだってそこまで求めてないさ」

「だとよいですが。とにかく剣よりはよほど見込みがあります。重量に任せて叩き切るなら技術はいりませんし、その重さを扱えるバランスもある。相当修練したのでしょうな。剣術を見る限り、おそらく武芸のセンスはアルノルト様並みです」

「つまり皆無ってわけか。それを一つの武器とはいえ見れるレベルまで引き上げた……大した人だ。俺には真似できん」

ユルゲンは商いを学び、弱小の公爵家を豊かにした。商人としての才能があったのだろう。そっちのほうが向いていたことに疑いの余地はない。

それでもユルゲンは修練を続けた。商人としての道が自分の生きる道と知りながら、姉上に認めてほしくて不得手を得手にする努力を惜しまなかったのだ。

「ラインフェルト公爵」

「はい？　なんでしょうか？」

「他の女性に目移りしたことはないんですか？」

「ありませんね。僕はあの方を愛していると言ったんです。それを伝えた以上、僕は僕の言葉に嘘をつきたくない。僕の父は誠実さだけが取り柄だと言われていましたが、僕はその誠実さが好きだった。だから僕も斯くありたい。一人の女性を愛し、その愛を貫きたい。その愛が綺麗だと思いますし、そうでなければリーゼロッテ様は振り向いてはくれないでしょう」

「……セバス。なんだかこっちが悪いことをしているような気分に……」

「受け入れる、受け入れないは皇女殿下の自由ですからな。頑張ったから結婚してもらえるなら誰でも頑張りましょう。努力は評価されることではありますが、絶対的なものではありません。特に女性の心は秋空に似て変わりやすいですからな。一生懸命求婚した男ではなく、チャランポランな男に惹(ひ)かれるなんて話はそこら中に転がっています」

「おい、ラインフェルト公爵が膝をついたぞ⁉」

「そういう話もあるということですし、結局は皇女殿下次第ということです」

たぶん周りの声を聞かないようにしてきたんだろうな。

悪い方向にも考えないようにして、これまで頑張ってきたんだ。

そんなユルゲンにはちょっと酷な話だったか。

俺は近づいて声をかけようとするが。

「ラインフェルト公爵、元気を」

「くっ！　こんなことで落ち込んでいてはリーゼロッテ様に相応しくない！　僕はなんて弱いんだ！」

「……」

「チャランポランな男が好きだというなら、僕が一人で二役を演じましょう！　アルノルト殿下！　チャランポランになる秘訣(ひけつ)を教えてください！」

　バッと立ち上がったユルゲンは俺に向かってそう問いかけてくる。

　いきなり迫ってきたので思わずセバスのところまで後ずさりする。

「めげない人ですな」

「しかも俺にチャランポランになる秘訣を聞いてくるとか、無礼じゃないか？」

「事実かと。帝都であなたほどチャランポラン道を突き詰めた人はいないでしょうし」

「チャランポラン道とかいうわけのわからない道を作るな。俺はそんな道を歩いた覚えはない。どの道も歩かなかっただけだ」

「なるほど！　そもそも選択しない！　勉強になります！」

「……」

「……」

　もうなんだろう。すごいの一言だ。

　人って愛があればここまでになれるのか。愛、侮ってた。

「姉上は基本的に強い者を好む。どうにかラインフェルト公爵が持つ強さをアピールできればワンチャンあるか？」

「なんだかんだ、皇女殿下は二十年も公爵の成長を見ているのですよ？　そこらへんの強さは認めているのでは？」

「成果を見ているだけだ。努力の過程を見せたい。頑張る姿は人を惹きつける。そうは思わないか？」

「一理ありますな」

「アルノルト殿下。その、このようなことを聞くのは無礼かと思うのですが」

「すでに無礼なので何でも聞いて構いませんよ」

「あ、それは良かった。殿下はどうやってリーゼロッテ様に気に入られたんですか？」

遠慮のない人だなぁ。

そんなことを思いながら俺はリーゼ姉上に気に入られた時のことを思い出す。

あれは十一年前。俺が少女を庇って一週間、牢に入っているときだった。

父上経由で色々と知っていた長兄が、姉上に俺が少女を庇って牢に入れられたと話したようで、姉上は毎日牢にやってきた。

そして何度も、誰を庇ったか言えば父上にとりなしてやると言ってきた。

当然、俺は姉上が全部知っているとは思わなかった。だが、俺は最後まで自分がやったと言い続けた。今、思えば俺も意地になってたのかもしれない。

少女を庇って、一週間も牢に入れられたんだ。ここまでしているのに秘密を吐露してしまったら意味がないと思った。だから俺は最後まで秘密を守り抜いて牢を出た。

そんな俺の頭を姉上は優しく撫でてくれた。

「さすが私の弟だ……」

「はい？」

「子供の頃、そう言われました。意地を張って、貫き通したら姉上は褒めてくれたんです。それ以来、色々と目をかけてくれるようになりました。たぶん俺の態度が姉上には好ましく映ったんでしょう」

「それは朗報ですな。少なくともラインフェルト公爵は間違っていないということです」

「そうだな。ラインフェルト公爵の振舞いは姉上には好ましいはずだ。あの人は頑張る人が好きなはずだから。まぁ姉上の男の好みはちょっとわからないけど……これは一度会ったほうが早いかもな」

そう言って俺は立ち上がる。

そもそもこんな大事なことを手紙でやり取りするのが間違っているんだ。

「セバス、準備しろ。とりあえずラインフェルト公爵領に向かう」

「はっ。すぐに手配いたします」

「あ、アルノルト殿下⁉」

「帝都よりはよほど公爵の領地のほうが姉上のところに近いですからね。俺が行けば会いに来てくれるかもしれません。動かないならそれはそれでこちらから行けばいい」

そう言って俺は笑う。あの姉上を相手にするのに帝都からというのも舐めた話だったな。

俺も前線に出ようじゃないか。

とはいえ、遠出には準備が必要だ。姉上に会うなら土産の一つや二つは必要になるし。

その間、誰も邪魔してこなきゃいいんだが、あいにく邪魔してきそうな奴が何人かいる。

「一応警戒だけはしておくか」

3

「お呼びでしょうか。ザンドラ殿下」

「よく来てくれたわ。ザイフリート伯爵」

ザンドラの部屋にやってきたのは線の細い中年の男だった。特徴的なのは顔に浮かぶ柔和な笑み。それが彼の武器だった。

ザイフリート伯爵は特別な役職についているわけでも、代々の名門貴族というわけでもない。それでも帝位争いの中で、各陣営から調略を受けた。それはザイフリート伯爵が〝顔が広い〟という武器を持っていたからだ。

豊富な人脈を持つザイフリート伯爵は、どの陣営も欲しがる存在だった。ゆえにレオを含めて、すべての陣営が調略を仕掛け、ザンドラが大金と裏工作でもって釣り上げた。

そんなザイフリート伯爵をザンドラが呼び出したのにはわけがあった。

「さっそくだけど聞きたいことがあるの。ラインフェルト公爵の弱みを握ってないかしら？」

「なるほど。ラインフェルト公爵は第一皇女殿下に長年求婚していると聞きますが、それに関係したことですかな？」

「ええ、そうよ。今回、皇帝陛下はラインフェルト公爵の協力者としてアルノルトを指名したわ。これでもしも二人の縁談がまとまったりしたら、レオナルトの陣営はさらに大きくなる。そんなの許すわけにはいかないわ！」

「たしかに大きな後ろ盾を得ることになりますな」

「そうよ！　帝国最強の東部国境守備軍と姫将軍！　それが後ろ盾につけば、ますますつけあがるに違いないわ！」

「いえ、殿下。憂慮すべきはそちらではないかと」

ヒステリックに叫ぶザンドラに対して、ザイフリート伯爵はやんわりと反対意見を述べる。ザンドラに対して意見する者は陣営にはほとんどいない。そういう意味でもザイフリート伯爵は特別な人材といえた。

中立の人材を手に入れるためにもザイフリート伯爵は必要となる。それをザンドラも理解しているため、ザイフリート伯爵の言葉を無下に扱ったりはしなかった。

「どういう意味かしら？」

「たしかに第一皇女殿下と東部国境守備軍が後ろ盾となれば、今よりもレオナルト皇子の陣営は勢いづくでしょう。しかし、所詮は国境守備軍。第一皇女殿下も国境を頻繁には離れられません。帝位争いにおいて重要な役割を果たすのは難しいでしょう。むしろそちらよりもラインフェルト公爵が後ろ盾になることのほうが厄介です」

「公爵家の中では新興で、規模も小さいけれど？　警戒するほどかしら？」

「侮ってはいけません。あの公爵はまさしく傑物。類まれな商才を持っており、人望を集める方法も心得ています。その気になれば次の宰相にもなれる逸材。私が知る限り、本人には弱みらしい弱みもなく、多くの貴族があの公爵には借りがあるほどです。彼が後ろ盾になれば、レオナルト皇子の陣営はさらに勢いづくこと間違いありません」

「あなたがそこまで言うなんて珍しいわね。しかし、忌々しいわ。どうしてそんな逸材が長年、あんな女に求婚を続けているの？　女には困らないはずでしょ？」

「それについては何とも。ただ、一つ言えるのはあの公爵の求婚はこれまで実ってこなかったということです。おそらくこれからも実らないでしょう」

静観しても問題ない。そうザイフリート伯爵は告げていた。焦って動けば碌なことにならないとザイフリート伯爵は知っていたからだ。しかし。

「万が一にでも実ったら？　あの女はアルノルトを可愛がっているわ。だから皇帝陛下もアルノルトを指名したのよ。成功すればアルノルトの手柄になる。ただでさえ公国絡みの一件で評価をあげているのに、これ以上評価をあげられたらたまったもんじゃないわ！」

ザンドラの言葉にザイフリート伯爵は嘆息する。

多くの調略を受けながらもザンドラの陣営を選んだのは、自分はザンドラの陣営でこそ一番輝けると分析したからだった。

エリクの周りには有能な者が多く、ゴードンは武人ではない者の言うことには聞く耳を持たない。選択肢はレオナルトかザンドラの二人であり、ザイフリート伯爵はザンドラを選んだ。個人としてみたときに、優勢なのはレオナルトだが、勢力としてみたときに母は南部公爵の妹であり、多くの魔導師に支持されるザンドラのほうが優勢とみたからだ。

帝位争いは個人の争いであると同時に勢力争いでもある。個人としての能力不足は周りが補えばいい。そう思っていたザイフリート伯爵だったが、さっそくザンドラの苛烈な性格に頭を痛める羽目になった。ゴードンよりは人の意見に耳を傾けるが、それでも苛烈すぎる性格は重大な欠点といえた。

「ザンドラ殿下。レオナルト皇子は現在、勅命で南部の流民問題を調査中です。さらにラインフェルト公爵の件も陛下の管轄。無闇に手を出せば陛下の怒りを買うことに繋がります。ここは動かず機を待つべきです」

「そんな時間はないわ！　伯父様は南部の大半を掌握している公爵よ！　そこで問題が発生したとなれば、責任問題に繋がるわ！　その余波は私にも降りかかる！　敵の勢力拡大を黙って見ているわけにいかないのよ！」

「……」

ザンドラの言葉をそのまま受け取るほどザイフリート伯爵は愚かではなかった。関わっていないなら、釈明すればいいだけのこと。慌てるということは少なからず流民問題にザンドラの伯父は関わっている。そして調査に向かったのはレオナルト。不正は徹底的に暴くに決まっている。

下手をすればこの一件でザンドラとレオナルトの力関係は逆転しかねない。

それゆえの焦り。そしてその焦りの矛先がアルノルトとラインフェルト公爵に向いている。ここで二人を妨害したところで、レオナルトは止められない。地盤を崩されるのは防げないということだ。

だが、ザンドラがそれを望んでいる以上、その期待に応える必要があった。調略によってザンドラの陣営に加わったザイフリート伯爵だが、その立場は絶対ではない。手柄を立てる必要がザイフリート伯爵にもあるのだ。

「わかりました。そういうことでしたら、我々とは一切関わりないところで縁談を台無しにしてしまいましょう」

「何か手があるのね？」

「はい。ザンドラ殿下はベルツ伯爵のことを覚えていますか？」

「忘れるわけないいわ！　今でも腹立たしさは収まってないわよ！」

「でしょうな。しかし、今回は我々が出し抜く番です。あの一件以来、皇帝陛下は男女関係に過敏になっておいでです。そこを突きます」

「具体的には？」

「ラインフェルト公爵は第一皇女殿下に長年求婚しており、その誠実さに皇帝陛下は同情しておいでです。だからこそ、アルノルト皇子を協力者としてつけました。しかし、その誠実さが偽りだったら？　私の知り合いには口の堅い娼館の者が幾人かいます。彼らの協力を得て、ラインフェルト公爵が城に娼婦を連れ込んだと見せかけましょう。普段の皇帝陛下なら詳しく調べるでしょうが、第一皇女殿下が関わっているとなれば激昂して、すぐに処罰するはずです。それで縁談は潰せます」

「見事な策だわ！　あなたを陣営に引き入れたのは正しかったわ！　これが成功したなら、あなたは私の懐刀よ！」

「ありがとうございます。では、すぐに手配いたします。くれぐれもこの一件については無関心を貫くことをお忘れなく」

「わかってるわ」

そう言ってザイフリート伯爵はザンドラの部屋を出ていく。それと同時に音もなく離れる影があったことを二人は知る由もなかった。

4

「――という計画を練っているようです」

「ふん、やっぱり動くならザンドラだったか。お前に見張らせておいて正解だったな」

そう言って俺は薄く笑った。

ラインフェルト公爵の領地に行くまでの準備期間。その間に邪魔が入ったら困ると警戒はしていたが、こうも見事に予想が的中すると笑えてくる。

「どうなさいますか？」

「奴らの計画は見せかけるというものだ。痕跡を残し、父上に信じ込ませる。大方、公爵が気づかない間に娼婦の服やら匂いなんかを部屋に残すんだろう。城のメイドたちがそれを発見すれば、メイド長を通じてすぐに父上の耳に入るからな」

「ザンドラ殿下の陣営にしては効率の良い計画ですな。失敗してもリスクがないというのが素晴らしい。乗り気ではないザイフリート伯爵としては妙計といったところですか」

「そうだな。ザイフリート伯爵は手元に欲しかった。顔も広いし、頭もそれなりに切れる。ザンドラ陣営に欠けているザンドラの助言者、ストッパーという役割を担うかもな。その自信があるからザンドラのところに行ったんだろうし」

候補者が帝位争いを勝ちぬいたあと、その候補者の側近たちは重要な役職に任じられる。ザイフリート伯爵は顔こそ広いが、重要な役職にはいない。今のままでは決して上には行けないだろう。だからこそ、自分が重用され、活躍できる陣営を選んだ。将来のことを考えれば悪い選択ではない。ただ、見る目がなかった。

「このまま放置すればザンドラの陣営が強固になりかねん。惜しいが失脚してもらうとしよう」

「こちらに引き込まないのですか？」

「ザイフリート伯爵を引き込むなら、ラインフェルト公爵に気に入られる努力をしたほうがいい。完全に上位互換だからな。あの人のほうが顔も広いし、金も持ってる」

「それもそうですな」

「というわけで、もう一仕事頼まれてくれるか？」

「かしこまりました」

「奴らはラインフェルト公爵の部屋に色々と仕込むだろう。結果も気になるだろうし、ザンドラが下手な動きをしないか心配なザイフリート伯爵はきっと城に泊まる。その部屋に奴らの仕込みを移せ。ザイフリート伯爵は既婚者だ。城を娼館代わりに使われたと知ったら、父上の怒りはさらに大きくなる。もはや帝都にはいられまい」

ニヤリと笑って、反撃の手段を説明するとセバスがため息を吐いた。

「はぁ……」

「なんだ？」

「いえ、どうしてこんな風に育ってしまったのかと思いまして」

「ああ、自分でもそう思うよ。周りの環境がひどいってのに、よくこんなに真っすぐ育ったと自分を褒めたい」

「環境には恵まれていたはずですから、生来のものでしょうな」

「そうか。俺は生まれながらに真っすぐだったか」

「真っすぐの解釈に大きな齟齬がありそうですな」

そんな会話をひとしきりした後、セバスは音もなく部屋から消えたのだった。

■■■

次の日。さっそく行動に移したザイフリート伯爵は、自分がラインフェルト公爵の部屋に潜ませろと指示した数々の物品が、自分が泊まった客室の至るところから発見されたことに驚愕しながら、父上の前に引きずり出された。

「ザイフリート伯爵!!　これは一体どういうことだ!?」

「へ、陛下！　これは何かの間違いです！」

「間違いなのはお前の行いだ！　妻のある身でありながら、娼婦を呼ぶとは！　しかもワシの城に！　お前にはワシを敬う気持ちがないようだな！　皇帝の城を娼館代わりに使う貴族など聞いたこともないわ!!」

「ひぃぃぃっ!!　お、お許しください！　本当にこれは何かの間違いで……」

「言い訳など聞きたくもない！　処分は後で考える！　今は牢屋で自分の行いを悔いてこい!!」

「ま、待ってください！　陛下！　陛下!!!!」

ザイフリート伯爵はそのまま衛兵に引きずられて玉座の間を後にする。

明日の朝には出発するということを伝えに来ていた俺は、そのザイフリート伯爵の様子を見て、内心ほくそ笑む。

ザンドラはこれで有能な人材を失った。ザイフリート伯爵から念を押されたように、この一件には無関心を装うしかない。詳しく調べられれば、さらに罪が暴かれてしまうからだ。ザイフリート伯爵もそれがわかっている以上、口を割ることはないだろう。

これでしばらくザンドラは動けまい。エリクもゴードンも、父上の勅命で動いているレオの陣営に何かすることはないだろう。ザンドラとは違い、あの二人は大臣と将軍という国の役職にある。下手に動けば役職を失うため、この状況では積極的に動けないのだ。

つまり、しばらく帝都を留守にしても問題ないというわけだ。

そんなことを考えつつ、俺は父上に明日の朝に出発することを告げた。

「そうか。会いに行くか」

「はい。それが一番だと判断しました」

「まぁあれの性格的にも手紙では動かんか」

「ええ。帝都までは来れないにしても公爵の領地までなら来てくれるかもしれませんし」

俺の言葉に父上は何度も頷く。傍にはフランツがいるし、前のような弱気は欠片もない。

「殿下。これは個人的なお願いなのですが、よろしいでしょうか？」

「どうぞ。宰相」

「ありがとうございます。ラインフェルト公爵は二十年前、幼い頃にリーゼロッテ殿下に恋をしてから一度として直接殿下に手紙を出していません。殿下が帝都にいるときは必ず私を経由していたのです。帝都と公爵の領地は気軽に行き来できるほど近くはありません。それでも公爵は必ず私に手紙を出しました。どうしてかおわかりですか？」

「直接姉上に出すのは迷惑に思われるからですか？」

「そのとおりです。迷惑でないなら宰相が時機を見計らって渡してほしい、と。殿下が嫌な顔を見せるなら破いてしまって構わない、と。こういう配慮をした求婚者はラインフェルト公爵だけです。だからリーゼロッテ殿下もラインフェルト公爵の手紙だけは必ず読んでいましたし、贈り物もラインフェルト公爵からのモノだけは欠かさずに受け取っていました。将軍として戦場を飛び回るようになってからは側近の方から同じ話を聞きます」

それは意外な事実だ。あのラインフェルト公爵なら配慮をしていても不思議じゃない。

意外だったのは姉上がその手紙を必ず読んでいたことだ。

これはもしかするともしかするか？

「遠く離れた領地にいる貴族にとって、手紙や贈り物は相手を繋ぎ止める手段です。年に一度会うか会わないか。忘れられないように過度な思いを見せる貴族が多い中、そういう意味ではラインフェルト公爵は紳士的といえました。ですからリーゼロッテ様は縁談こそ断っても手紙や贈り物を断っていません」

「なるほど。個人的に嫌っているわけではないのですね」

「はい。何か理由があるはずです。結婚しないと決めているのか、もしくは違う理由か。前者なら仕方ありませんが、違う理由があるなら殿下に説得してほしいのです。明らかに嫌われているならラインフェルト公爵も諦めるでしょうが、リーゼロッテ殿下はおそらく嫌ってはいません。だからこそ不憫なのです」

ずっと手紙を経由していたということは、フランツは手紙を見ていたんだろう。

贈り物の中身も知っていただろうし、それを受け取ったリーゼ姉上の反応も知っている。

面倒見のいいフランツのことだ。アドバイスもしていたはず。

そんなフランツからすればこの恋は実ってほしいんだろう。

「二十年……人によってはしつこいという者もいるだろう。ワシもその一人だった。諦めろと何度も伝えた。それがお前のためだと。いくら頑張ろうと無意味だと。だが決まってラインフェルト公爵は、リーゼロッテ様がご迷惑だと仰るなら諦めます、と返してきた。あやつにとってリーゼロッテは人生だ。上手くいくにせよ、いかぬにせよ。今回を区切りとしてやりたい」

　さすがに父上も人の子か。

　二十年も一人の人を縛り付けていることに罪悪感を覚えているらしいな。

　見方によっては姉上が都合よくキープしているように見えなくもないからな。

　あの姉上のことだ。そういう意識はないだろうけど、きっぱり私に構うなと言わない時点で縛り付けているのと変わらない。

「もしも……姉上が誰とも結婚する気はないと言った場合は諦めますか？」

「……そういうことならば仕方なかろう」

　花嫁姿を見たい。それは父上の想いだが、我儘ともいえる。

　残念そうに父上は呟く。この父のことだ。嫁に行けば帝位争いに姉上が巻き込まれることはないと思っているのかもしれない。

　おそらくゴードンとザンドラ。どちらかが帝位につけば姉上は難癖をつけられて排除される。だが嫁に行ったならばもはや皇族ではない。少しは危険が排除できる。帝国としても優秀な将軍を失わずに済む。

皇帝といっても何でも好きにはできないからだ。

「ではそのように進めます。吉報をお知らせできるかはわかりませんが、善処はしますのでしばしお待ちください」

「あいわかった。よろしく頼むぞ」

俺は玉座の間を後にした。

5

南部に向かったレオはとある街に来ていた。南部最大の街であるヴュンメ。

そこを治めるのは南部一帯に影響力を持つ大貴族、クリューガー公爵家だ。

「ご協力に感謝します。クリューガー公爵」

「いえいえ。巡察使に協力するのは貴族として当然のことですから」

そう言って笑うのは緑の髪の男。すでに五十を超えているがいまだに若々しい。

長身にスラリとした体型で、腰には細い剣をさしている。かつては戦場に幾度も出陣した武人でもある。名はスヴェン・フォン・クリューガー。

現皇帝の第五妃の兄であり、皇帝の義兄ということになる。

「南部に関することはクリューガー公爵に聞くのが一番だと思っています。率直に言って、クリューガー公爵から見て怪しい貴族はいますか？」

レオは真っすぐクリューガー公爵を見つめる。

南部で起きる出来事の多くにクリューガー公爵は関わっている。それはレオナルトとしても承知していた。だが、いきなりクリューガー公爵を調べるわけにはいかない。まずはリンフィアの村に関わる場所から手をつけるべきだが、その前にこのクリューガー公爵が誰の名をあげるのか気になったのだ。

「怪しい貴族ですか。見るからに怪しい貴族は私が注意するためいないでしょうが、国境付近の貴族たちの手綱はやや握れておりません」

やや握れておりません。こういうときに曖昧な表現を使うのは臭い。いくらでも言い逃れが出来てしまうからだ。だが、それだけで追及もできない。

クリューガーの一挙手一投足に注意を払いながらレオは笑みを浮かべ、その後雑談を続けたのだった。

■■■

レオがクリューガー公爵と会っている間、リンフィアは街で買い出しをしていた。

もちろん買い出しついでに街の様子も見て回っていた。

「それと、あれもください」

「へい、毎度！」

「最近、何か変わったことはありませんか？」

「変わったこと？　うーん、思い当たらねぇな」

果物を売っている店主に訊ねるが、返ってきたのはそんな答えだった。

これで五軒目。皆、同じような調子だ。

少なくとも表面上、このヴュンメの街は変わった様子はないようだった。

「そうですか。ありがとうございます」

そう言ってリンフィアは買った物を持ちながら周囲を見渡す。

必要な物はあらかた買った。情報収集もそこまで意味はない。さて、どうするかとリンフィアが悩んでいると道の外れで難儀している白髪の老人がいた。

「すまんのぉ。ちょっと聞きたいことが……」

「……」

「ふむ。このあたりの者は冷たいのぉ」

そう言って老人は嘆息する。背が低く、少しだけ尖った耳。老人はドワーフだった。

元々老け顔のドワーフだが、老人はドワーフの中でも高齢のようだった。

ずんぐりむっくりなドワーフのわりには細身で、長い白髭をたらしている。白い杖をつき、腰も曲がっているそのドワーフの老人を見過ごせず、リンフィアは声をかけた。

「お爺さん。どうかしましたか？」

「おお、良き娘さんがおった。すまんが街の門まで案内してくれんかのぉ。わしは方向音痴でのぉ。もう三日も迷子なんじゃ」

「三日も？　それは大変でしたね。案内しましょう」

あまり感情が表情に出ないリンフィアだが、街の中で三日も迷子になっているというドワーフの老人には驚きを隠せなかった。

しかし、すぐにリンフィアは老人を安心させるために微笑んで案内を買って出た。

そんなリンフィアの好意に老人も笑顔を見せる。

「いやいや、ありがたいありがたい。ドワーフじゃからか、誰も話を聞いてくれんでなぁ。困っておったのじゃ」

「そうでしたか。災難でしたね」

淡々とした口調ながらもリンフィアの言葉には労りの雰囲気があった。

それを感じ取った老人はおおいに笑う。

「なんのなんの。娘さんがわしを見つけてくれた。幸運じゃったよ」

「私も……困っているときに助けていただきましたから。いえ、まだ助けていただいている最中と言うべきでしょうか」

「ほう？　娘さんにも困りごとがあるのか？」

「ええ、まぁ」

「そうかそうか。大変じゃな。うーむ、これも何かの縁。役立ちそうな物はないかのぉ」

そう言って老人は背負っていたバッグを開き、中を探り始める。リンフィアは遠慮したが、若い者が遠慮するものではないと言って、老人はバッグをあさることをやめない。

「お爺さん、こっちですこっち」

「ううん？　おお、そっちか」

バッグをあさることをやめないせいか、老人はリンフィアが目を離すとすぐに違う方向に行こうとする。そんな風にしてリンフィアがたびたびドワーフの老人の進路を調整していると、気づけば街の門にたどり着いていた。

「お爺さん、着きましたよ」

「うん？　着いた？　どこにじゃ？」

「門です」

「おお！　そうじゃったそうじゃった！　娘さんへのお礼の品を探しておって目的を忘れておった！」

ばっと顔をあげた老人は豪快に笑う。

こういう性格だから迷子になるのだろうなとリンフィアは思いつつ、この老人をこのまま街の外に出して大丈夫なのかと不安になってしまった。しかし。

「娘さんにはこれをやろう。霊樹で作った笛じゃ。娘さんがどうしても助けがほしいときに吹きなさい。娘さんの味方に娘さんの居場所がわかるじゃろうて」

「そんな物いただけません！　お爺さんが持っていてください！」

「わしはいいんじゃ。娘さんが持っていてくれ。ちゃんと吹くんじゃぞ。誰かに頼るのは悪いことではないんじゃからな」

そう言って老人はニッコリと笑って門を出ていく。その後ろ姿はひどく頼りないもので、無性に心配になったリンフィアだったが、やることがある以上は面倒は見られない。

老人の背に一礼して、リンフィアは街の中へと戻っていく。

「まだまだ人間も捨てたもんじゃないのぉ。さて、次はどちらへ行こうかのぉ。わしを呼ぶ声はあるかのぉ」

老人はそんなことを呟きながら道から外れて山の中へと消えていったのだった。

6

帝都を出て一週間が経った。まったりラインフェルト公爵領に向かっていた俺は、ようやくラインフェルト公爵領の領都にたどり着いた。

「ようこそ。ここが我がラインフェルト公爵領の領都エルツで、これが我が屋敷です」

「ようやくですね」

馬車から降りた俺は大きく伸びをする。目の前には大きめの屋敷。十分に大きいが公爵が住むモノとしては小さいほうだろうな。帝国東南部にあるこのラインフェルト公爵領はそもそも他の公爵領と比べて大きくない。これぐらいがちょうどいいのかもしれない。

「長旅でしたし、まずはゆっくり休みましょう」

「そうですね。さすがに疲れました」

クライネルト公爵領に行ったときは馬で五日だった。走りっぱなしで馬を潰す勢いだった。それは急ぎたかったからだ。だが、今回は急ぎじゃない。だからまったりと馬車で一週間かけてやってきた。とはいえ、今回使ったのは皇族や公爵が使う最新鋭の魔導馬車。通常の馬車と比べてかなり早く着いた。

「申し訳ありません。僕が喋(しゃべ)りっぱなしでしたから、疲れさせてしまいましたね」

そう言ってユルゲンは申し訳なさそうな表情を浮かべた。

それに対して俺は苦笑で返す。たしかに馬車の中でユルゲンは常に喋っていた。

嫌だったわけではない。だが、嫌じゃないからといって疲れないわけじゃない。

「できればお風呂に入りたいですね」

「それは楽しみだ」

そんなことを言いながら俺はユルゲンに案内されて屋敷へと入っていく。

だが、屋敷に入るとユルゲンの執事と思われる老人が慌ててユルゲンに駆け寄ってくる。

「どうしたんだ？　そんなに慌てて」

「た、大変でございます！　お、落ち着いてお聞きください！」

「まずはそっちが落ち着くんだ。ゆっくりでいい」

そう言ってユルゲンは執事を落ち着かせる。

深呼吸した執事は幾分か落ち着いた様子で言葉を発する。

「で、殿下がさきほど到着されました」

「ああ、知ってる。僕と一緒に来たんだ」

「ち、違います！　アルノルト殿下ではなく！」

「殿下というから紛らわしくなる。元帥閣下と呼んでもらいたいものだ」

聞いただけで思わず膝をつきたくなる声が俺の耳に飛び込んできた。

威圧的なわけではない。しかし、逆らってはいけないと相手にわからせる天性の上位者の声。人に命令するために生まれてきたと言われても信じてしまうその声の主は、階段をゆっくりと降りてくる。

豊かな金髪に紫色の瞳。女性にしては背が高い。グラマーでぴっちりとした軍服だとそのスタイルの良さが窺える。見る者を虜にする美女だが、その女性は黒い軍服の上から青いマントを羽織っていた。帝国において青いマントをつけられる軍人は三人の元帥のみだ。クリスタを大人にして、妖艶さと不敵さと力強さを付け加えたようなその女性の名はリーゼロッテ・レークス・アードラー。帝国第一皇女にして皇族最強の将軍だ。

「リーゼ姉上……！　どうしてこちらに⁉」

「久々に会った姉になんだそれは？　やり直せ」

「え……」

「やり直せ」

「……お久しぶりです。リーゼ姉上。お元気そうで何よりです」

「よろしい」

有無を言わせぬ口調と目で告げられ、俺はしぶしぶ挨拶からやり直す。

そんな俺に満足したのか、リーゼ姉上は笑みを浮かべて傍に寄ってくる。

「久しぶりだな、アル。お前も元気そうで何よりだ。クリスタはどうしている？」

いきなり世間話に移ってきた。相変わらずマイペースで強引だ。

ユルゲンは呆気にとられつつも膝をついている。まずはお邪魔しているとか言うのが普通だろうに。まぁ、この姉に何を言っても無駄か。他者に合わせられないんじゃなくて、

合わせる気がない。唯我独尊を地でいくのがこの人だ。

「クリスタも元気です。最近は同年代の友人もできて、よく笑うようになりました」

「そうか。面倒を見てもらって悪いな」

「いえ、妹ですから。それに一番面倒を見ているのは母上です」

「そうか。義母上もお元気か？」

「はい。いつもどおりです」

一連の報告を聞いてリーゼ姉上は満足そうに頷く。

そしてようやく視線がユルゲンへと向いた。

「ユルゲン。いない間に邪魔をしてすまなかったな」

「いえ、歓迎もできず申し訳ありません」

「リーゼ姉上。改めて訊きますが、どうしてこちらへ？」

予定では到着してから手紙を出すことになっていた。

まさかもう来ているとはさすがに予想外だ。

東部の国境からここまではそれほど遠くはない。まぁ帝都に比べればばって話だが。

特に姉上からすれば大した距離じゃないだろう。とはいえ、姉上は東部国境を預かる元帥。そう簡単に動ける身分じゃないはずだが。

「新兵の練兵を後方で行っていてな。そこでお前がここに来るという知らせが届いた」

「知らせが届いたって……」

どういう情報網を敷いているのやら。

耳の早さもさることながら、それを聞いて先回りする行動力もどうかしてる。

「さて、私は来た理由を言ったが、お前はどうしてユルゲンと一緒にここまで来た？」

「え……それは……」

しまったな。墓穴を掘った。正直に言うべきか。それとも誤魔化すべきか。

少し迷っている間に、リーゼ姉上はフッと笑う。

「言わなくていい。どうせ父上に言われたのだろう？」

「……よくおわかりで」

「父親だからな。やりそうなことはよくわかる」

呆れたようにため息を吐くとリーゼ姉上はユルゲンの方を見る。

ユルゲンは気まずそうな顔をしているが、それでも誤魔化す様子は見えない。

「懲りん奴だな、ユルゲン。今度は弟まで抱き込んで、どうするつもりだ？」

「いつも通りです。リーゼロッテ様」

「そうか。では私の答えも一緒だ。私はお前と結婚する気はない。私は共に死ねぬ者とは結婚しない」

「よく存じております。それでも僕は……！」

「くどい。久々にアルと話がしたい。部屋を借りるぞ」

「……はい」

マントを翻し、リーゼ姉上はまるで自分の屋敷のように歩いていく。

その背中がついてこいと語っていたが、さすがにそういうわけにもいかない。

「リーゼ姉上。長旅で疲れています。一度汗を流しても構いませんか？」

「私は気にはしない」

「俺が気にします」

「乙女みたいなことを言う奴だな。まぁいい。私もさっぱりしたかったところだ。久々に一緒に入るか」

「はい……？」

何を言い出すんだ。この姉は。入るわけないだろうが！

「い、いえ、遠慮しておきます……！」

「遠慮するな。背中を流してやる」

「お、俺はラインフェルト公爵と一緒に入ります！　道中で友人となったんです！　ここはやはり裸の付き合いをしたいところです！」

苦しいが姉上に思いとどまらせるためには仕方ない。

俺のそんな思いを察したのか、ユルゲンも援護してくれる。

「リーゼロッテ様。殿下の背中は僕が流しましょう。ですのでご安心ください」

「そうか」

「はい。ですからリーゼ姉上はお部屋で」

「仕方ない。三人で入るか」

「はい⁉」

「別々に入るのは面倒だろう？　なに、安心しろ。人に見せて恥ずかしい体はしていない」

「ぶっ‼」

思わず想像してしまったのだろう。ユルゲンが大量の鼻血を出してうずくまる。

それを見て、リーゼ姉上は愉快そうに笑う。

「はっはっは、相変わらず初心だな。ユルゲン」

「笑いごとじゃありませんよ！　とにかく姉上は部屋にいてください！　いいですね⁉」

「なんだ？　姉と入るのが嫌なのか？」

「ええ、嫌です！　嫌ですから部屋にいてください！」

「そうか。それは仕方ないな。じゃあ二人でさっぱりしてこい」

そう言ってリーゼ姉上はつまらなそうに階段を登っていく。

危なかった。危うく公爵を殺すところだった。現役の元帥でしかも第一皇女が、公爵を鼻血で失血死させるとか笑えない殺人事件だ。文字通り悩殺だしな。

「公爵、大丈夫ですか？」

「だ、大丈夫です……しかし、さすがはリーゼロッテ様。剛毅なお方だ……」

「女を捨てているだけかと……」

「いいえ、ああやって僕を翻弄する方なんです……だけど、それがまたあの方の魅力なんです……」

「もう姉上ならなんでもいいんですね……」

どっちも変わり者だとため息を吐きつつ、俺はユルゲンと共に大浴場へ長旅の疲れを洗い流しにいったのだった。

7

風呂に入って長旅の汚れを洗い流し、さっぱりした俺とユルゲンは服を着ながら今後のことを相談する。

「とにかく今は姉上のペースです。このまま飲まれっぱなしではいけません」

「はい。しかし、見事に先手を取られてしまいましたね」

そう言うユルゲンの顔は全然悔しそうじゃない。むしろさすがだ、と称賛しているような顔だ。まぁ見事にこっちの思惑を打ち砕いたあたり、さすがといえばさすがなんだが感心している場合じゃない。

「弟としての感想ですが、姉上のラインフェルト公爵への態度は嫌っているものではないと思います。むしろ好ましいと思っているかと」

「本当ですか⁉」

「俺がそう感じたという話ですが、リーゼ姉上はああいう性格ですから。いくら俺が来るからといって嫌っている人間の屋敷には来ません。やはり縁談を受けない理由はあの人が言った条件にあるんでしょうね」

「〝共に死ねぬ者とは結婚しない〟ですか……」

「はい。逆にいえば、その条件を満たせば結婚すること自体は嫌がってないということです。結婚自体に否定的ならどうしようもありませんが、あれでも一応は皇族の女性ですからね。幼い頃からいずれ自分は結婚すると教えられています。ですから公爵が条件を満たすと証明できれば希望はあります」

「なるほど……しかし、あの方と共に死ねる者となれば側近になるしかありません」

それが問題だ。姉上はわざわざ軍に入ったユルゲンを追い出している。

側近になるチャンスを姉上が塞いだんだ。

その一点だけが姉上らしくない。軍に入って、ユルゲンが挫折したわけじゃない。姉上が手を回して追い出したんだ。どうもその点が気になる。

「どうであれ、最低限戦えることは証明しなくちゃいけません」

「わかっています。リーゼロッテ様に修練の成果をお見せしましょう」

そう言ってユルゲンは意気揚々とポンと出た腹を叩く。

ブルンと振動する肉を見て、なんとなく不安になったがさすがに口には出せなかった。

■■■

「長風呂だな。髪と体を洗うのにそんなに時間がかかるものか？」

「風呂を髪と体を洗うものだと決めつけるのは風呂への冒瀆ですよ。リーゼ姉上」

開口一番、そんなことを言うリーゼ姉上の髪は艶やかだ。

おそらく言葉どおり大して手間をかけてない。たぶん普通に洗っているだけだ。

世の女性たちからの顰蹙を買いそうだな。

俺とユルゲンは姉上が座っている丸テーブルにつく。テーブルには紅茶が用意されている。お菓子もあるが、姉上が自分のほうに引き寄せているため手を出せない。

「そんなものか？　戦場では水が貴重だからな。楽しむということをしないんだ」

「帝都にいたときは気にしなくてよかったですよね？」

「帝都にいたときは侍女たちもいたから嫌だった。結局、どこにいようと私は早風呂だ。どうも風呂を楽しむという感覚がわからん」

ある意味侍女たちもすごいな。

この姉と一緒に風呂に入って、体を流すとか怖くないいんだろうか。

まぁそんなこと考えてたらやってられないんだろうけど。

苦労の多い仕事だな。今度、母上の侍女たちに差し入れを持っていこう。

「風呂は隙が多いですからね。リーゼロッテ様は無意識にそういうのを嫌っているのかもしれませんね」

「おお！　それだ！　良いことを言うな。ユルゲン」

笑みを浮かべながらリーゼ姉上はユルゲンを褒める。

そして褒美とばかりに自分の前にあったお菓子をユルゲンに渡した。

あの姉上が物を与えるなんて⁉

衝撃だった。リーゼ姉上は自分の物への執着が強い。思い入れが強いともいえるだろう。

俺ですら姉上の物を貰ったことは数えるほどしかない。

かつて、リーゼ姉上の部下が大貴族の不興を買って、暴行されて治療を受ける羽目になったことがあった。それを聞いたリーゼ姉上はその大貴族の家まで押し入り、こう言い放った。

私の部下は私の物だ。その命まで私が預かっている。つまり貴様は私の所有物を勝手に傷つけたということだ、と。そしてリーゼ姉上は大貴族をボコボコにしてしまった。かなり問題になったが、皇太子があちこちに働きかけて大問題に発展する前に収めたのをよく覚えている。

その姉上がユルゲンにお菓子を与えるなんて……。まぁ元を正せばユルゲンの物だし、お菓子も三人で食べるように出されたはずなんだが。それでも非常に珍しい。これだけでも姉上がユルゲンをそれなりに気に入っているのが見て取れる。

「感謝します」

「うむ」

たかがお菓子をユルゲンは大層ありがたそうに受け取り、姉上もその態度を当然として受け入れている。今日はやけに機嫌がいいのかもしれない。

その可能性を探るために俺は意を決してお菓子に手を伸ばす。すると、視界がぐるりと回り、背中に衝撃が来た。気づけば俺は床に仰向(あおむ)けで転がされていた。

「久々に会ったら手癖が悪くなったようだな？　アル」

「リーゼ姉上は相変わらずなようで……」

伸ばした右手の手首は姉上に摑(つか)まれている。

片手で手首を返し、体勢を完全に崩されたようだ。しかも怪我(けが)をしないようにソフトな着地。お菓子ごときで恐ろしい姉だ……。

「おかしい……機嫌がよいはずでは？」

「機嫌はいいぞ。久々にお前に会えたからな。帝都で暇を持て余しておきながら、私のところに会いに来ない姉不孝な弟だというのに、会えただけで機嫌がいいんだ。素晴らしい姉だと思わないか？」

「どうでしょうか。お菓子を取ろうとしただけで、軽く投げ飛ばす姉を世間一般では素晴らしいとは言わないかと」

「お前が黙って私のお菓子を盗ろうとするからだ」

「おかしいですよ？　それ、三人分ですからね？　全員で分けるためのお菓子です」

「当然のように私の目の前に置いてあったぞ？　つまり私の物だ」

「……」

そう言って姉上は美味しそうにお菓子をつまむ。

前線ではお菓子はあまり出てこない。元帥である姉上なら贅沢しようと思えば贅沢できるんだが、そんなことをすれば兵士に示しがつかないと姉上は質素な暮らしをしている。だから姉上としても久しぶりのお菓子なんだろう。だいぶご機嫌だ。

そんな姉上を見て、ユルゲンも幸せそうだ。

なぜだ。どうして俺だけが手首を固定されているんだ。理不尽だ。

さきほどからもがいているのに、姉上の拘束から抜け出せない。

「姉上。そろそろ放してもらえませんか？」

「なぜだ？」

「なぜだ⁉」

「謝っていない者を放すわけがないだろ？」

「ですからそれは元々三人分のお菓子でして」

「私の物だ」

「……お菓子を盗ろうとして申し訳ありませんでした」

「もう少し付け足す言葉があるはずだぞ？」

「〝姉上の〟！　お菓子を盗ろうとして申し訳ありませんでした」

「よろしい」

そこまで言ってようやく俺は解放された。

手首をさすりながら椅子に戻ると、姉上の前にあったお菓子はもうほとんどなかった。

「うん？　ユルゲン。お菓子がなくなったぞ？」

「自然消滅したみたいな言い方しないでください。姉上が食べたんでしょうが」

「すぐに用意させます」

「うむ」

「……」

なぜ俺の突っ込みが華麗にスルーされなきゃいけないんだ。

ユルゲンが手を叩くと侍女たちが小皿に載ったケーキを持ってきた。匂いからして甘い。しかし嫌な甘さじゃない。チーズケーキだろうか？　美味そうだ。

まずそれは姉上の前に置かれる。次に俺の前に置かれ――横から伸びてきた姉上の手によって姉上の前に引き寄せられた。

もう我慢ならん！

「ちょっと!!　おかしいでしょ！　これは！」

「なにがだ？」

「何もかもですよ！　なんで俺の前に出された小皿を持っていくんですか!?　姉上の分があるでしょ!?」

「ないが？」

「もう食べたの!?　早っ!?　ってていうか、それ俺のですから！　さらっと食べようとしないでください！」

「弟の物は姉の物だ」

「なんですか、その横暴な理論!?　じゃあ妹の物は兄の物だって言われたら納得するんですね!?」

「私は理不尽には屈しない」

「このっ!? ええい！」

何を言っても無駄だと察して、俺は強硬手段でケーキに手を伸ばす。

しかし、姉上は片手で俺の手を弾く。そしてもう片方の手でケーキを食べ始めた。

このっ！

絶対に奪い取ってやると決意して両手で挑むが、すべて片手で捌かれた。

そうこうしている内に俺のケーキは姉上に食べられてしまう。

「ああ……」

「アルノルト殿下。どうぞ、僕のを食べてください」

「公爵……ありがとうございます。いただきま」

「弟の物は姉の物だと言ったはずだぞ？」

ユルゲンから渡されたケーキも俺の手に届く前にインターセプトされた。

そしてそのケーキも結局、姉上の腹の中に収まった。理不尽だ……。

結局、俺はその場で何も食べることができなかった。

第三章　蠢く闇

1

アルたちがラインフェルト公爵領に着いた頃。

帝都ではフィーネが大忙しの状況になっていた。

「はわわっ⁉　ど、どうしましょう！　どうすればいいですか⁉　ユリヤさん！」

「そこでジッとしてなさいな。それで十分だから」

「開店で――――す‼」

亜人商会の帝都支店が開店すると同時に長蛇の列を形成していた客がなだれ込んでいく。

目的は亜人商会が打ち出した新商品である〝美肌水〟だ。

これ自体もかなり優秀な商品だが、亜人商会はこれにキャッチコピーをつけた。

「はーい！　あの蒼鷗姫（ブラウ・メーヴェ）も使っている美肌水！　〝カモメ水〟は限定三百個でーす！」

獣の亜人の店員が可愛らしい姿で注目商品をアピール。そこには透明な水がビンに入っていた。色々と配合されているそれだが、客の視線はフィーネに向いていた。

「本当にフィーネ様がいるわ！　一個もらうわよ！」

「本物だわ!!　三個ちょうだい！」

「五個よ！」

「面倒だわ！　十個ちょーだい!!」

帝国一の美女が使っている美肌水。

帝都の女性にとっては魔法の言葉だった。勢いよく店になだれ込んできた客たちはどんどん美肌水に手を伸ばし、あっという間に三百個は売り切れた。

ただのキャッチコピーならここまで伸びなかったかもしれないが、支店の二階からフィーネが手を振っていた。

実物がいるということは恐ろしい効果を発揮し、発売から数日でカモメ水は帝都でもっとも売れている化粧品となった。

「お疲れ様ね。フィーネ」

「び、びっくりしました……」

自分の打ち出した戦略がハマったため、ユリヤは終始笑顔だった。

一方、毎回毎回、まるで敵軍に突入する騎士のような勢いで突撃してくる女性客を見る羽目になっているフィーネは気が気でなかった。

「店が開くまでは皆さん、私のほうを見ていますから……私のほうに突撃してきたらどうしようかと……」

「悪いけど慣れてちょうだい。見返りは期待していいから」

「はい！　頑張ります！」

小さく手を握ってみせるフィーネの姿は女性のユリヤから見ても可憐だった。

その姿を一目見ようと当初は男性客がどっと押し寄せたが、ユリヤが女性客以外の入店を許可しなかったため、多くの男性客は諦めざるをえなかった。

中には強引に入ろうとする客もいたが、亜人商会が誇る亜人の用心棒たちにことごとくつまみだされる結果となった。

これによりあの店で狼藉は許されないというのが帝都に浸透し始めていた。

そしてそれを見て、ユリヤは次の手を打ち出すことに決めた。

「フィーネ。次の作戦に移るわよ」

「次の作戦ですか？　私は何をすれば？」

「今回と一緒よ。とりあえず手を振って愛想を振りまいて。警備は倍にするから」

「倍ですか……」

フィーネは自分の周りを見る。周囲には屈強な亜人の護衛がすでに三人いる。これで倍ということは六人になるということだ。

大柄な六人の亜人に囲まれる自分を想像し、フィーネは慌てた様子を見せる。

「わ、私が見えなくなってしまいます……！」

「いいのよ。チラッと見えてれば。そこに蒼鷗姫(ブラウ・メーヴェ)がいるってわかれば男どもは寄ってくるわ」

「そ、そうなんですか？」

「そうよ。馬鹿な男どもから金を巻き上げてやるわ。ふっふっふ、空に飛ぶ鷗(かもめ)は捕まえられないのよ」

「あ、あまりやりすぎないようにお願いしますね……」

「わかってるわよ。ほどほどにするわ。ほどほどに」

そう言ってユリヤは人の悪い笑みを浮かべた。その笑みを見て、フィーネは少しだけ悪巧みをするアルに似ていると思ったが、口には出さない。

そして次の日。ユリヤの悪巧みはアル以上かもしれない、とフィーネは思うこととなった。

「はーい！　亜人商会帝都支店開店でーす！」

可愛らしい衣装に身を包んだ亜人の店員たちが入り口を開けると、かなりの大きさがある店内に男性客が流れ込んでくる。

そんな男性客に向かってフィーネはぎこちない笑みを浮かべて手を振った。

「うぉぉぉぉ!!!!　フィーネ様だ!!　生フィーネ様！　似顔絵や幻影紙で見るよりも可愛い!!」

「綺麗だ！　眩しい！　輝いてるようだぜ！」

「目に焼き付けないと！　一生ものだ！」

亜人商会は総力を挙げてあらかじめ、フィーネの似顔絵つきのポスターや、幻影紙という一定時間だけ幻影を浮かびあがらせる量産型の魔導具を使って、帝都中に宣伝をしていた。

蒼鷗姫に一日会える。その付加価値は男性客を帝都支店に走らせた。

しかし、中にはポスターに書いてあることをよく読まない者もいる。

「フィーネ様！　こっちを見てください！　フィーネ様！」

「この野郎！　商品を買いに来たんじゃないなら帰れよ！」

「うるせぇ！　商品なんて買う気ねぇよ！」

そんなことを大声で言った若者は、ずんずんと店内に入ってきた大柄な亜人の用心棒にがっちりと拘束されてしまう。

「な、なんだよ!?」

「お客様。当店のポスターの注意書きをご存知ですか？」

「は!?　注意書き!?」

客の反応を見て、用心棒は呆れたようにため息を吐き、ポスターの下を指さす。

そこにはそれなりに大きな字で「商品を買わないお客様はお断り。破った場合は罰金を払っていただきます」と書かれていた。

よく読んでいなかった若者は顔を青くするが、時すでに遅し。

ずんずんと用心棒によって店の裏まで連れていかれてしまった。

「ゆ、ユリヤさん……」

「平気よ、乱暴なんてしないわ。商品を買わせるだけ。お金を持ってないならその分、こき使うわ」

「そ、そうでしたか……」

ホッと安心したようにフィーネの様子を見て、ユリヤはクスリと笑った。

そんなフィーネは息を吐く。

「な、なんでしょうか？」

「いえ、優しいんだなと思っただけよ。普通、あんな奴の心配しないわ」

「そ、そうなんですか？」

「普通はね。でも、あなたはそれでいいんだと思うわ。あたしみたいなあくどいのがいるんだし、あなたみたいな優しい子がいてもいいでしょ」

「ユリヤさんは十分優しいです！」

「そう？　あたしはこの場にいる男どもから金を巻き上げることしか考えてないのよ？」

「隠しても無駄です！　私、知ってますから。ユリヤさんが富裕層がいる場所にポスターを優先的に貼ってるのとか、外層の人たちに向けて炊き出しをしているとか、色々知ってるんです！」

お金のある奴なら巻き上げてもいいという問題ではないが、それでもお金のない人間をターゲットにはしない。それはユリヤの基本スタンスだった。

亜人商会には人間社会に溶け込めず、孤立した者が多く集まっている。そのとき、とても貧しい思いをした者も多い。そんな者たちを見てきたため、ユリヤは定期的に外層に住む貧困層に炊き出しをしていた。

それは帝都支店がオープンしていないときからだ。

利益の上がらないその行為をユリヤは自分の私財を投じて行っていた。

「なんでそんなこと知ってるのよ？」

ばつが悪そうにユリヤは呟くが、フィーネはにっこりと笑って周りの用心棒を見る。

城よりも安全とは言えない支店にいるため、用心棒たちは常にフィーネに張り付いている。そんな用心棒たちにフィーネはニコニコと話しかけて色々と聞き出していたのだ。

「用心棒なのにお喋りね」

「申し訳ありません……つい」

「皆さん、ユリヤさんを褒めてました！　立派な人だって！　大陸にはいろんな亜人がいて、色々と悪い噂のせいで人間から嫌われている。だから亜人商会を立ち上げたんですよね！　孤独な亜人の受け皿になれるように。亜人の評判を少しでもよくできるように。とても感動しました！」

「まったく……お人よしなお嬢様が好きそうな話をしてくれちゃって」

「事実ですので」

用心棒たちの足をユリヤは軽く蹴る。それでおしまいだった。

ユリヤは売上を見てくるわと言って下へ降りていってしまう。

「怒ってしまったんでしょうか？」

「照れておられるのかと」

「そうですか。可愛いですね。ユリヤさん」

ユリヤが聞いたら怒りそうなことを言いながら、フィーネは下の客へ手を振る。

しばらくそれが続き、客の買い物が済んだ頃。

フィーネも店の奥へと下がる。フィーネがいるといつまでも客が居座るからだ。

「ふう、疲れました」

「お疲れ様」

「はぁ……」

ユリヤはフィーネに労い（ねぎらい）の言葉を投げつつ、紅茶を渡す。

その手には今日の売上が書かれた紙があった。そこに書かれた金額は、長く商売をやっているユリヤでもなかなか見たことがないものであった。

「帝都での蒼鷗姫（ブラウ・メーヴェ）の効果を見誤ってたわ。これはもう一度見直さなきゃ駄目ね」

「あんまり効果ありませんでしたか⁉」

「逆よ、逆。効果がありすぎるの。商品を早く入荷させないとすぐに在庫がなくなっちゃうわ」

「あ、そうなんですか！　よかったです！」

自分でも役に立ったとフィーネはほくほく顔で紅茶を飲む。

そんなフィーネを見て、健気（けなげ）な少女だとユリヤは温かい気持ちになった。そして同時に、いつまでもそうであってほしいと願った。

しかし、それが綺麗すぎる願いであることもよくわかっていた。今は帝位争いの真っ最中。対抗陣営の成功を黙って見過ごすほど相手は甘くない。

今回の成功を足掛かりに、さらに進んでいけば必ず妨害が入る。それがいつになるかが問題だった。

勢力を率いるレオが勅命で南部に行っている以上、派手な動きはしないだろうが、絶対にやってこないとは言い切れない。本来、公爵令嬢で皇帝のお気に入りであるフィーネに妨害などする者はいないが、相手は帝位候補者たち。フィーネを恐れる連中ではない。

荒事は自分の管轄外。それは双子の皇子が対処すべきことだ。しかし商いの場となれば話は別。妨害されることも考慮しつつ、ユリヤは次の一手を考え始めたのだった。

そんな中、突然その場にセバスが現れた。

「突然失礼いたします。フィーネ様。すぐに城へお戻りください」

「何かありましたか？」

「はい。クリスタ殿下がフィーネ様を必要としています」

それだけでフィーネは、クリスタがまた未来を見たのだと察したのだった。

2

「クリスタ殿下、ミツバ様。遅れて申し訳ありません」

城へ戻ったフィーネはすぐにミツバの部屋を訪れた。そこにはミツバに抱きついたまま動かないクリスタがいた。

「フィーネさん……ごめんなさいね。突然呼んでしまって」

「大丈夫です。それで今回は何を見られたのですか？」

わざわざセバスを使って、自分を急いで呼び戻すほどの未来だ。ゆっくり話している暇はないとフィーネはすぐに詳細を聞くことにした。

　ミツバは微かに顔を曇らせる。それを見て、フィーネは嫌な予感を覚えた。そしてそれは間違っていなかった。

「……南部で起きる緊急事態について、お父様が重臣会議を開いていて……その最中にお父様が……倒れたの……」

　震えながらミツバにしがみついていたクリスタが、振り絞るようにして自分が見た未来を告げた。その内容は帝国全土を揺るがしかねないものだった。

「皇帝陛下が……」

　呟き、フィーネは自分の手が震えていることに気づいた。もう片方の手で震えよおさまれとばかりに強く握り、深呼吸する。

　皇帝が倒れる。それは一大事件だ。しかし、倒れるといってもいくつかパターンがある。

「それは……皇帝陛下の死が見えたということでしょうか？」

「……ううん……お父様は倒れただけ……誰かが死ぬ未来とは見え方が違った……」

「すぐに命に関わる問題ではなさそうということですか……」

　クリスタの未来視は不確定ではあるが、人の死に関してはかなり精度が高いとフィーネは聞いていた。人の死が見えてしまえば、ほぼ確実にそれは現実になる。実際、遠く離れた場所にいた皇太子の死も当てている。しかし、今はそれがありがたかった。死は見えていないなら皇帝が死ぬ可能性は低くなる。

「ミツバ様。皇帝陛下にご病気は？」

「いえ、持病はないわ。ただ、三年前から体力と気力は落ち始めているように見えるわ」

「東部の一件があってからは陛下もお忙しいですから、過労で倒れるのかもしれません。南部で起きるという緊急事態がキッカケとなって」

「その可能性は十分にあるわね。陛下を暗殺するのはほぼ不可能よ。今は近衛騎士団が総出で守っているもの。毒殺も無理でしょうね。セバス、ほかに方法はあるかしら？」

「小細工は通用しないでしょうな。毒にしろ魔法にしろ、皇帝陛下を害するのは不可能です。もしも討つとするなら、力ずくで護衛を突破するのが一番可能性のある方法かと。それができれば苦労はしないでしょうが」

超一流の暗殺者であるセバスの言葉を聞き、フィーネは自分の考えに自信を抱いた。暗殺ではなく、皇帝自身の体から生じる不具合。そうであるならば対策は取りやすい。

「では、ミツバ様。皇帝陛下の健康に気を配っていただけますか？」

「わかったわ。陛下の体調を心配して、侍医に見てもらうように進言するわね。でも、クリスタが見たというなら変えるのは難しいと思うわ」

「そうですね。おそらく変わらないでしょう。皇帝陛下が倒れられる未来を変えるのは、私たちでは無理です。蓄積された疲労を取ることも、キッカケとなる南部での出来事を止めることもできませんから。時間があるなら可能かもしれませんが、帝国南部で問題が起きるとなると、おそらくそう遠くない未来でしょう」

南部で何かが起きることもほぼ間違いなく、それにはきっとレオが関わっている。タイミングがあまりにも良すぎるからだ。そして、それは嫌でも皇帝の耳に入る。キッカケとなりえる出来事を変えられない以上、体調不良は避（さ）けられない。

「そうなると陛下にクリスタのことは黙っているべきかしらね」

ミツバの言葉に少しだけフィーネは黙り込んだ。帝国の臣民として皇帝の危機を知りながら、黙っているのはどうかと思ったからだ。

命に別状はなさそうだというのは、あくまで推測に過ぎない。もしかしたら重い病かもしれない。その可能性がないとは言い切れない。

頭の中でグルグルと思考が巡る。しかし答えは出ない。だが、答えが出ない中で、ふとフィーネの目にクリスタの顔が映った。

怯（おび）えた表情だ。突然見えたのは自分の父が倒れる姿。身構える余裕すらなく、その未来に恐怖するしかなかった。

そんなクリスタの姿を見て、フィーネの中で答えは固まった。

「……はい。アル様がずっと守ってきた秘密です。明かすことで何かが変わるなら明かすべきでしょうが、変わらないならリスクしかありません。陛下も人間です。未来が見えるとなればクリスタ殿下を頼るようになるかもしれません。それはきっと殿下には負担となります。今はミツバ様が侍医を含めて、皇帝陛下の体調に気を配るという対策だけでよいかと思います」

「ありがとう。フィーネさん。クリスタのことを思ってくれて。とても助かるわ。きっと、アルも同じことを言うわ。あの子は相手が陛下でもクリスタの力のことは明かさない。皇帝は帝国の利益を優先させる。父の前に皇帝だからよ。必要となればクリスタの力を利用しようとするのは皇帝として当然。そう思っているからアルは誰にも言わないし、言わせないの。それはレオ相手でも例外じゃないわ。といっても、レオはきっとクリスタに何かあると察しているとは思うけれどね」

聞かないのは言ってこないから。そして大抵の場合、クリスタの傍にはアルがいるからだ。だから、レオはクリスタについて何か聞くようなことはしない。問題があればアルのほうから何か言ってくると絶対の信頼をアルに抱いているからだ。

それもミツバはわかっていた。二人は互いに互いを最も信頼し、互いの思考を読めているかのように意思疎通ができる。

強い絆で結ばれた双子の我が子たち。だからこそ、ミツバはフィーネの存在がありがたかった。互い以外に強く信頼できる人間は、二人にとって稀有な存在だからだ。

「本当に感謝してもしきれないわ、フィーネさんには。あなたがあの子たちの傍にいてくれてよかった。アルもレオもクリスタも、もちろん私も。迷惑ばかりをかけるわ。ごめんなさいね」

「い、いえ、そんな……頭をあげてください。ミツバ様」

頭を下げるミツバにフィーネは慌てた。たとえ公爵令嬢であっても、妃のほうが身分は上だ。ましてやアルたちの母親だ。

どうしていいかわからず、フィーネは慌てながらセバスのほうを見る。しかし、セバスは微笑ましそうに笑っているだけだった。

「えっと、えっと……あわわ……」

「……優しいあなたが傍にいれば、あの子たちはきっと大丈夫。他者を欺き、貶め、蹴落とす帝位争いの中でも、自分たちを見失わないで済むはず。好きなようにやらせてきたけれど……道を見失わないかどうかは、やっぱり心配なの。どうかお願いね。あなたにならあの子たちを任せられるわ」

「……私はミツバ様がおっしゃるほど立派な人間ではありません。ですが……ご期待に沿えるよう、精いっぱいの努力はいたします」

「ありがとう。その言葉で十分だわ。それじゃあ、さっそく動きましょうか」

「はい！　セバスさん。申し訳ないのですが、すべての伝手を使って、冒険者の皆さんに噂を流してください」

「どのような噂ですかな？」

「近々大きな依頼がある。そのために今ある依頼は終わらせておいたほうがいい。そう噂を流してください。そうすれば多くの冒険者の手が空きます。皇帝陛下が倒れられた場合、軍も騎士も迅速には動けません。頼りになるのは冒険者です」

「かしこまりました」

理由を聞いて、満足そうにセバスは頷く。それは満点に近い答えだったからだ。

「それと亜人商会に連絡を。お金がいるかもしれないと言っておいてください」

「それも了解いたしました。では失礼いたします」

そう言ってセバスはその場から姿を消す。そしてフィーネもまたその場を後にする。

帝国南部で問題が起きれば、必ずアルは動く。その手助けをしなければいけない。できるかぎりアルが動きやすくなるように、やれることはやらなければ。

それが唯一無二の共有者である自分の役目なのだから。

心の中でそう呟きながら、フィーネは動き始めたのだった。

3

帝国南部の辺境。深い森の中。そこにある村にレオは訪れていた。

「はじめまして、村長。第八皇子、レオナルト・レークス・アードラーです」

そう言ってレオは村の中で一番大きな家に住む白髪頭の老婆に頭を下げた。

村長と呼ばれた老婆は小さな体を震わせながら頭を下げて応じる。

「ヒーナ村の村長……マオと申します。このような村に皇子殿下自らご足労、ありがとうございます」

「いえ、どのような村でも帝国の村です。皇族はすべての民に責任がありますので」

そう答えながらレオは柔らかく微笑む。

そんなレオの言葉を聞いて、家の中にいたもう一人が口笛を吹く。

「驚いたぜ。双子でここまで違うのか？」

「兄さんはどう映りましたか？」

「偉そうだったな」

壁に寄りかかっているのは赤い髪の男。

アルの要請で冒険者たちを率いて村の護衛を引き受けていたアベルだ。

冒険者らしく歯に衣着せぬ物言いをするアベルを見て、レオは好ましい印象を受けた。

「そうですか。じゃあ普段の兄さんを見ると驚くかもしれませんね」

「だといいけどな。馬鹿みたいな報奨金で辺境の村の護衛を頼みやがって、あの皇子。ここに来るまでどんな怪物が出るのかと全員で怯えてたんだぜ？」

「どうでしたか？」

「怪物はいない。平和な村だ。ただ、聞いてたとおり人攫いらしき奴らは出る。俺たちが村を固めてるのを見て、村人に手を出したりはしてこないがちょくちょく姿は見る。でも、馬鹿みたいな報奨金には釣り合わない。手軽な依頼だ」

それは冒険者にとっては良いことのはずだが、アベルはどこか不満そうだった。

そこにプロ意識を感じてレオは苦笑する。

報奨金が安ければ怒り、高すぎれば不満を抱く。冒険者とは厄介な存在だ。しかし、彼らのような自由に生きる人たちがレオは好きだった。

「大変なのはこれからです。僕はこれから人攫い組織を追います。おそらくこの村を治めるべき領主も関わっているでしょう」

「ほう？　その根拠は？」

「僕はあえて領主の街には寄りませんでしたが、寄る素振りは見せました。そのとき領主は大層慌てて怪しい動きをしたそうです。辺境の村を認知せず、村の要請を無視しただけなら僕を歓迎する動きを見せるしかありません。しかし、領主は誰かと連絡を取ろうとしたんです。その動きは疑惑をより深めさせるには十分です」

「気張りすぎただけかもしれないぞ？」

「そうかもしれません。しかし、僕が来た時点で南部の貴族には僕の目的が伝わっているはずです。気づいていないで見逃しただけなら、最低限の対応をしようとするでしょう。事実、ほかの国境付近の領主は流民の村への対応を行っています。ですが、その領主はまだ動いていません」

「寄り道してると思ったが、意外に色々とやってたんだな。噂どおり優秀だ」

「その評価はどうでしょうか。僕はまだ何も成せていませんから」

レオはそう言って視線を落とす。それは率直な感想だった。

狩猟祭の時、騎士を率いたものの決定打にはならなかった。全権大使として二か国の信頼を勝ち取ったのもレオではなく、レオに扮したアルだった。

帝位争いに加わってから、自分は何も成してはいない。

ゆえにレオは今回の一件に並々ならぬ思いを抱いていた。誰かに帝位につけてもらうわけにはいかない。自らが皇帝になるという意志を見せ、行動に移せない者は皇帝に相応しくない。南部辺境の問題すら解決できないならば、皇帝など夢のまた夢だ。

そんな思いから出た言葉だった。

「まぁあんたがそう思うならそうなんだろうさ。慢心しないのは良いことだ。ただ事件解決を急ぐあまり、本質を見失わないでくれよ？」

「もちろんです。一番に考えるのは村のこと、そして攫われた方々のことです」

「……リンは優しい子です……。自分が一番辛いのにそういう素振りを見せず、村のために動いてくれました」

「……リンフィアには何も聞いていません。ただわざわざ村を離れた以上は、何か大きな出来事があったのだろうなと想像していました」

「はい……一番最初に人攫いがあったのは今から十一年前。リンの三つ上の姉でした。リンがまだ五歳の頃です。そして最後に攫われたのはリンの六つ下の妹。リンが病で寝込んだ日のことでした……」

「姉妹が人攫いに……」

「姉妹の中であの子だけが虹彩異色(オッドアイ)ではありません。そのことが負い目だったのでしょう。攫われる子は決まって虹彩異色でしたから。十一年前はドワーフの流民が数多く国に入り込み、亜人や特殊な力を持つ子を狙った人攫いが活発でした。皇帝陛下がすべての流民を帝国臣民だと宣してからは頻度は減りましたが、それでも我が村は狙われ続けたのです。誰も助けてはくれませんでした。私たちが流民だからです」

そう言って村長は深く深くため息を吐(つ)いた。

流民たちも好きで流民になったわけではない。

帝国に入ってきた流民の多くは南部の戦国時代に住む場所を追われた者たちか、ソーカル皇国が進めた亜人排除政策の巻き添えを喰(く)らった者たちだ。

帝国は流民に対して寛容だ。しかし、それは優秀な亜人たちを取り込みたいからであり、人間だけを取り締まるわけにもいかないからだ。優秀な技術を持つ亜人は各地で活躍できるが、そうでない者は細々と辺境で忍ぶしかない。

十一年前まで彼らはいないものとして扱われていたのだ。しかし、皇帝の宣言が状況を変えた。流民たちは喜んだが、それで何もかもが変わるわけではなかった。

皇帝は当時、帝国にいた流民を帝国臣民と認め、認知してから五年間の税を免除することとした。それは領主にとっては負担でしかない政策であったが、実際、どこの流民の村も税を払う余力などなかったのだ。だからこそ、五年間で領地に溶け込ませ、交易や開墾をさせて税を払う余力を生ませる。そういう指示が出ていたのだが、一部の領主はそれを意図的に無視した。

自分たちの得にならないからだ。そのことにレオは一定の理解を示していた。本当にそうであるならば酌量の余地もあると思っていた。領主にだって言い分があるからだ。

しかし、今回の場合は違う。この村は特殊な村だ。虹彩異色が多く、リンフィアのように優秀な者も生まれており、優れた狩人が多くいる。領地に加えれば領主からすれば多くのメリットがあるはずだ。しかし領主はこの村をないものとして扱った。調べればすぐにわかるのに、だ。

そうしなければ帝国中央にこの村の存在が伝わってしまうから。隠し通したい何かが領主にはあったのだ。

「だからリンフィアは僕らのところに来た。すべて辺境にまで気を配れなかった中央の責任です。お許しください」

「い、いえ！　滅相もない！　そのようなつもりで言ったのではないのです！　頭をお上げください！」

「どれほど謝罪をしても心の傷は癒えないでしょう……。必ず連れ帰るとはお約束できませんが、攫われた村の方々を全力で捜索します。そして領主の罪も明らかにするつもりです。そのときは公正な裁きを皇帝陛下が下すことでしょう」

「ありがとうございます……！　ありがとうございます……！」

村長は何度も頭を下げる。

そんな風にして話し合いは終わり、レオはアベルと共に外へ出た。

「ああは言ったものの、骨が折れると思うぞ？」

「でしょうね」

「村を窺う奴らは立ち振舞いや装備からして、本職だ。人攫いなんて山賊やゴロツキがするもんだと思ってたが、あそこまで本気な奴らは見たことがない。完全に商売として成立してるってことだ」

「そうですね。それだけ背後には大きな組織がいる。この村を領有する領主は大きな領主じゃない。おそらく領主も利用されているだけです」

「南部全体の貴族が絡んでいる可能性もある。下手したら南部の反乱を誘発するぞ？」

「そしたら大失態ですね」

そう言ってレオは笑う。南部辺境の問題は皇帝の歓心を得るにはもってこいの問題だ。

しかし、南部貴族の反乱を許せば責任はレオに向きかねない。

あまりにも危険な任務だった。深く立ち入らず、浅い部分だけを捜査して切り上げる。

それが効果的な戦略ともいえた。しかし。

「けれど、僕は話を聞いて助けたいと思ったんです。助けたいと思う人たちを助けられない者が皇帝になれるでしょうか？」

「それは知らん。だが、どっちが皇帝になってほしいかといえば、助けたい奴を助ける皇帝のほうがいいな」

「ですよね。だから僕はここに我を通しに来ました。高い報奨金を払っています。申し訳ありませんが働いてもらいますよ？」

「へいへい。仰せのままに……」

冒険者の勘がまずい依頼主だと告げていた。

しかし金をすでに貰(もら)っている。冒険者として一度受けた依頼は断れない。

アベルは肩を竦(すく)めてレオの言葉に答えるしかなかったのだった。

4

帝国南部の街、バッサウ。南部の数ある領都の中でも、下から数えたほうが早い大きさのこの街にある小さな屋敷。

そこでリンフィアたちの村を本来ならば領地とする領主、デニス・フォン・シッターハイム伯爵は苦境に立たされていた。

「つまり……クリューガー公爵は私を助ける気がないということか？」

「そうなりますな」

スヴェン・フォン・クリューガー――クリューガーの下から来た使者の言葉を聞き、デニスは苦虫をかみつぶしたような顔を浮かべる。

「では私はどうせよと？」

「事件の首謀者となっていただきたい。すべてはあなたが仕組んだこととするのです」

そんなことを言う使者は笑顔だった。デニスがそれを受け入れると信じ切っているのだ。

「南部のためにか……」

「そのとおりです。あなたを含めて南部貴族の三分の一がクリューガー公爵に協力しています。多くの南部貴族を守るために犠牲になっていただきたい。もはやあなたへの追及は免れないのですから」

どうしてこうなったのか。デニスは深くため息を吐いた。デニスは今年で三十三歳。今から十年前に領主となったが、今はそのことを恥じるばかりだった。

最初は父の遺言だった。流民を帝国臣民とするという皇帝の宣言から一年後、デニスの父は亡くなった。そのとき、デニスの父はデニスに流民は帝国臣民だとしても決して我が領民ではないと言い残した。

デニスの父はかつて暴れている流民によって足に傷を負わされ、それ以来、ずっと不自由していた。そのことからくる恨み言であり、若いデニスはそれを受け入れた。

そして数年し、そのことがクリューガー公爵に露見してしまった。事が発覚すれば領主の地位を追われると脅され、人攫い組織の手伝いをすることとなった。

今では屋敷の地下に人攫い組織の拠点が作られており、デニスの裏切りを防ぐためにクリューガー公爵の息がかかった騎士たちが屋敷を闊歩している。

後戻りなどできない状況まで追い詰められ、今、切り捨てられようとしている。

「私が素直に従えば、領民の安全は保障するのか？」

「もちろんです」

使者の言葉はひどく嘘くさく聞こえた。

かつて、デニスは一度良心から皇帝に訴え出ようとしたことがあった。そのとき、シッターハイム伯爵領は南部の貴族たちによって流通を妨げられて、農作物を荒らされるという盛大な嫌がらせを受けた。農作物は満足に育たず、流通も妨げられては飢えるほかない。デニスはクリューガー公爵に謝罪し、忠誠を誓った。領民を守るためだった。

今回も裏切ろうとすれば領民がどんな目に遭うか。だからデニスは半ば諦めかけていた。

「ならばいい。私が首謀者ということで捕まろう」

「ありがとうございます。南部のために犠牲になったあなたを忘れはしません」

「そのような言葉はいい。素直にクリューガー公爵のためと言ったらどうだ？　南部のほとんどを掌握し、王のように振舞い、何を考えている？」

「それはあなたには関係のないことです」

「関係ないことはない。クリューガー公爵の踏み台となるのだからな。簒奪でも考えているのか？」

「ふっ……そのようなことを我が主は考えません。ただすべては帝位争いのためと言っておきましょう」

「なるほど……いざとなれば南部の反乱をチラつかせて、ザンドラ殿下を帝位につかせるつもりか。そうなればクリューガー公爵家は最有力の外戚。第五妃様のことだ。クリューガー公爵家の者を周りに登用するだろう。たしかに簒奪ではないな。それは乗っ取りだ」

痛烈なデニスの批判を受けても使者は動じない。別に帝国の歴史において珍しいことではないからだ。しかし、そういう風に外戚を重んじた皇帝は長続きしない。ほかの貴族の求心力を失うからだ。そこに対してクリューガー公爵はどう考えているのか。

人攫いの組織を裏で操り、巧みに南部の貴族を取り込んだ男だ。何かしらは考えているだろう。しかし、それは自分に関係ないことだ。そうデニスが自嘲したとき、使者の体からいきなり刃が生えた。

「ごほっ……」

「なっ⁉」

「ごめんなさい……領主様」

そう呟いたのは若い女騎士だった。オレンジに近い明るい茶髪を肩口で整えたその騎士は、デニスにとってはただの騎士ではなかった。

「レベッカ⁉　何のつもりだ⁉」

「こいつらの言うことを信じてはいけません！　こいつらは領主様を殺す気でした！」

「なに⁉」

「奴らは領主様に自白の書状を書かせたあとに殺し、レオナルト皇子に突き出す気なんです！　早く逃げましょう！」

見ればレベッカ以外にも数名の騎士が部屋に入ってきていた。

もはや屋敷では数少ないシッターハイム伯爵家に忠誠を誓う騎士たちだ。

「レオナルト皇子の下に行き、公爵の悪事を告発しましょう！　皇子はアルバトロ公国でも遭難者を見捨てなかったほどの人格者！　きっと助けてくれます！」

「……」

デニスはレベッカの言葉を聞いてしばし押し黙る。

この街から逃げることはできるだろう。だが、果たして逃げ切ることができるだろうか。

この重要な局面で裏切りを警戒しないわけがない。なにせデニスは一度、裏切ろうとしている。

間違いなくレオナルトの下に向かう途中には伏兵がいる。デニスはそう読み、深く息を吐いた。そして自分の愚かさを笑った。

「はっはっは……私は駄目な男だな」

「領主様？」

「……騎士レベッカ。任務を与える」

そう言ってデニスは部屋の隅にある床を踏む。

するとそこがパカリと開いて、中から書状が出てきた。デニスがしたためた書状で、クリューガー公爵をはじめとする南部貴族の悪行を記したものだ。

ちゃんとデニス自身が書き、特殊な契約時に使われる魔法の血印が押されている。その血印があることでこの書状の信ぴょう性は一段増す。

「この書状を持ち、帝都へ向かえ」

「そんな⁉　あたしにだけ逃げろっていうんですか⁉」

「お前は私の親友の娘。子のない私にとってはお前は娘のようだった……だから託すのだ。どうか帝都に向かい、この書状を皇帝陛下に」

「嫌です！　あたしは領主様と！」

「ならん。お前は若いのだ。ここで命を散らすべきじゃない」

そう言ってデニスは立て掛けてあった剣を手に取る。

それを見て、レベッカはデニスが死ぬ気なのだと悟った。幼い頃に両親を亡くしてから、十数年。親代わりとなってくれた自分の主が死のうとしている。

レベッカにはそんなこと許容できなかった。

「あたしも戦います！　育てていただいた御恩に報います！」

「死なせるために育てたわけじゃない！　生きるのだ……どうか情けない私の頼みを聞いてくれ」

「嫌です！　聞けません！　せめて領主様も一緒に逃げてください！」

「多くの子供を見捨てたのだ……今更生き永らえようとは思わん。もちろん名誉の死というわけではない。もはや我が家に名誉などない。だが、せめて最後くらいは貴族としての責務を果たさねば」

そう言ってデニスはレベッカ以外の騎士たちを見渡す。

全員が覚悟を決めた顔をしていた。元々、死んでも領主を逃がす腹積もりだったのだ。その領主が最後にしたいことがあるというなら、止める者はいなかった。

「貴族の責務って……死ぬことが責務なんですか⁉」

「違う、救うのだ。南部から集められた子供たちは一度、ここに集中する。ここでどれほどの価値があるか見定めるからだ。まだ多くの子供がこの屋敷にはいるのだ。私が逃げてよいはずがない。そうだろ？」

「でも……それなら私も騎士として！」

「騎士の務めは主の命に従うことだ。もはや我儘は許さん！　行け！　騎士レベッカ！」

有無を言わせぬ強い口調だった。

命令を受け、レベッカは涙を流しながら膝をついて恭しく書状を受け取る。

そして外から足音が聞こえてきた。それを聞いたデニスは最後の指示を飛ばす。

「窓から出ろ。私たちが戦っている間に街に反乱だと触れ回れ。その混乱の隙に帝都へ向かうのだ！」

「はい……」

指示を受けたレベッカは窓の傍で待機する。

そしてデニスは扉を蹴り破ると、駆けつけてきたクリューガー公爵の息がかかった騎士たちと交戦し始めた。

その後ろ姿を目に焼き付け、レベッカは窓から外に出た。そして。

「反乱だ！　領主の屋敷で反乱が起きた！　皆、逃げろ――!!」

屋敷の外に出たレベッカはそう叫びながら帝都への長い道のりを走り始めたのだった。

■■■

「うぉぉぉぉ!!」

デニスは一人の騎士を切り伏せ、もう一人の騎士に体当たりを仕掛けた。

すでにデニスたちは屋敷の地下に侵入していた。

デニスに忠誠を誓う騎士たちは、デニスが思っていた以上に屋敷にはおり、彼らは領主のために獅子奮迅（ししふんじん）の働きをして我が物顔で自分たちの屋敷を歩いていたクリューガー公爵家の騎士たちを倒していった。

「ひぃぃぃぃ!?」

「邪魔だ！」

屋敷の地下にいた奴隷商人たちが腰を抜かすが、デニスはその首を躊躇（ためら）わず刎（は）ねる。

彼らは屋敷の地下で子供たちを選別していたクリューガー家のお抱えだ。

掛ける情けなどデニスは持ち合わせていなかった。

そしてデニスは数名の騎士と共についに子供たちが入っている牢屋へたどり着いた。

薄暗い牢屋の中には数十名の子供たちが首輪をつけられていた。

不衛生な牢屋で、全員がやせ細っているのを見て、デニスはどうしてもっと早く行動しなかったのかと後悔に襲われた。

「もう大丈夫だ！　助けにきた！」

そう言ってデニスは殺した看守から鍵を奪い、牢屋を開ける。

だが、子供たちは端で固まったまま動こうとしない。

それを見て、デニスは剣を鞘にしまい、ゆっくりと牢屋に入った。

「もう大丈夫だ……ここから出してあげる……」

「本当……？」

一人の少女が呟く。十歳前後のその少女の目は赤と青の虹彩異色だった。

おそらく流民の村の子だろうと察し、デニスは唇を噛み締める。

「ああ、本当だ……」

「村に帰れる……？」

「ああ、帰れる……」

「リンお姉ちゃんに会える……？」

「ああ、会えるさ。レオナルト皇子っていう優しい人が近くまで来てる。その人が君たちを助けてくれる」

デニスは少女に近づくと、汚れたその少女を優しく抱きしめた。

「すまない……すまなかった……」

「帰りたい……帰りたいよぉ……」

すすり泣く少女の髪を撫で、デニスは深く頷く。

デニスはほかの子供たちも見渡し、宣言する。

「全員、帰してあげよう。必ずだ」

その言葉に子供たちの顔に笑顔が浮かぶ。だが。

「そういうわけにはいかん」

「ごほっ……」

後ろから来た黒い服に身を包んだ男がデニスの胸を背後から貫いた。

デニスは血を吐くが、力を振り絞って剣を引き抜き、男に斬りかかる。

しかし、その攻撃は当たらない。この男は素質のある子供を暗殺者に仕立てあげる教官であり、多少の剣の心得がある程度では敵う相手ではなかった。

ましてや胸を貫かれ、瀕死の状態では勝てないことは火を見るより明らかだった。

しかしデニスは諦めない。諦める資格など自分にはなかったからだ。

とはいえ。気持ちだけではどうにもならない実力差がそこにはあった。

デニスは決死の覚悟で突きを繰り出す。

「うぉぉぉぉぉぉぉ!!!!」

「無様だな」

その突きを躱し、すれ違うように教官はデニスの首を刎ねた。

その首は宙を舞うと、コロコロと虹彩異色の少女の下に転がっていた。

自分たちを助けてくれると言った男の生首を見て、少女は一瞬何が起きたかわからなかった。しかし、薄く開いたデニスの目と目があった瞬間。

淡い希望が砕け散り、恐怖と絶望が少女の心を支配した。

「いやぁぁぁぁぁぁぁぁぁぁ!!!!!!」

少女の叫びは高く、広く響き渡る。

それと同時に少女の両目が輝き、牢屋は黒い何かに包まれたのだった。

第四章　それぞれの想い

Episode 4

1

姉上が屋敷にやってきてから三日が経った。

結局、あの日はあの後すぐに姉上は屋敷を後にした。元々、新兵の練兵で来ていたためだ。一区切りついたらまた来ると言っていたため、俺たちは準備を重ねてきた。

そして昨日の夜。明日の朝、会いにいくという伝令が届いた。

いよいよ勝負のときだ。

「ど、どうでしょうか？　行けるでしょうか？」

「大丈夫です。弱気にならずに行きましょう」

「そ、そうですね」

屋敷の中庭。

そこでユルゲンはハルバードを準備していた。もちろん練習用だが、これからユルゲンはこいつで戦うことになる。

相手はもちろん姉上だ。

ここで姉上と決闘し、最低限の力はあるということを認めてもらう。それが狙いだ。

「前回のやり取りを見れば姉上は公爵を嫌ってはいません。むしろ気に入っている部類でしょう。ならば力さえ見せれば問題ありません」

そう言って俺はユルゲンを励ます。

皇帝をも巻き込んだ今回の一件。

ここでの成果次第で縁談は進む。だが、失敗すればユルゲンは大きなチャンスをフイにすることにもなる。そのせいか、ユルゲンはやや緊張気味だった。

ここまでやったわけだし、俺としてはこのチャンスを是非モノにしてほしい。というか、モノにしてもらわないと困る。

姉上の縁談をまとめれば、これから身内の問題は俺に相談されやすくなる。俺はあくまで帝位争いの協力者であり、当事者ではないから父上も使いやすい。厄介事はごめんという気持ちはあるが、有利に運ぶためには仕方ない。

なんとかして、父上の信頼が欲しいところだ。

俺とユルゲンの利害は一致している。

「勝つ必要はありません。力を見せれば認めてくれるはずです」

「そうですね。そういうお方です」

そうユルゲンが言ったとき、入り口の方から足音がしてきた。

規則正しい足音と共に現れたのはリーゼ姉上だった。

姉上は中庭の中央でハルバードを構えるユルゲンを見て、呆れたようにため息を吐いた。

「出迎えがない時点で察してはいたが……またか？」

「またでございます。殿下」

「懲りん奴だな」

そう言いながら姉上は執事が用意していた練習剣を受け取る。

そしてその感覚を何度か振って確かめると、無造作に構えた。

「来い。努力の成果とやらを見せてみろ」

「はい！」

まるで教師と生徒だ。

これで縁談を申し込んだ相手と、それを断った相手というんだから呆れてくる。

二十代中盤の男女にしてはあまりにも色気がない。

しかし、どこで火がつくかわからないし、火をつけるのも俺の役目だ。

「では、開始の合図は俺が。姉上に一撃でも加えればラインフェルト公爵の勝ちということでよろしいですか？」

「構わん。まぁ無理だと思うが」

「油断とは元帥閣下らしくありませんね」

ユルゲンが珍しく挑発的な笑みを浮かべる。

技量の差は埋めがたいため、挑発することを俺がすすめたのだ。

ユルゲン自身はそういう手に難色を示したが、戦略ということで納得させた。

そしてそれは見事に効果を発揮した。

「ほう？　言うようになったな？　私に油断などという言葉を使うとは、よほど自信があると見える」

「自信ではありません。冷静な判断ですよ、閣下」

「よろしい。私が油断していると言うなら証明してみろ。私は利き手じゃないほうの手だけで戦ってやる」

そう言ってリーゼ姉上は剣を左手に持ち替えて、右手を背中に回した。

その瞬間、思わず俺はガッツポーズが出そうになった。挑発されたりすれば、負けず嫌いの姉上のことだ。絶対に張り合って変な条件を出すと思ってた。

どれほどの強者でも片手で戦えば多少は鈍る。利き手じゃないなら猶更だ。それでもユルゲンと姉上の技量差は埋めがたいが、ユルゲンが一撃を当てる可能性は高まるし、姉上もユルゲンの実力を認めやすくもなる。

多少なりとも苦戦すれば認めざるをえないし、自分が出したハンデを理由にするほど器の小さい人ではない。まぁお菓子はくれないが。

「姉上。確認しておきますが、ラインフェルト公爵が姉上の納得のいく一撃を繰り出した場合も」

「もちろん認めてやる。それほどの男に成長したなら妻になってやろう」

言質は取った。

俺はわかりましたと返事をすると、両者の間に右腕を出す。

そして二人の準備が整ったのを見て、俺は合図を送った。

「始めっ!!」

「うぉぉぉぉぉぉぉ!!!!」

開始と同時にユルゲンは全力の一撃を放つ。

それを姉上は避けたりしない。利き手ではない手で、しかも重量で劣る剣でその一撃を受け止めに掛かった。

大きな激突音。

ハルバードは見事に姉上に受け止められていた。

「どうした？　その程度か？」

「まさか。あなたが受け止めることは予想しておりました。あなたは逃げない方ですからね」

そう言ってユルゲンは両腕に力を込めて押し込んでいく。

さすがの姉上でも単純な力比べでは分が悪そうだ。体全体を使って、最初の一撃は受け止めたが膠着状態に入ってからユルゲンは重さに任せて押し込んでくる。

「ふん！　アルの入れ知恵だな？　多少は戦術的になったようだ」

「それでどうなさいますか？」

「追い詰めたつもりか？　よく覚えておけ。攻撃の瞬間こそもっとも無防備になるのだ」

そう言って姉上はフッと力を抜くと体を回転させる。

重さを支える者がいなくなったため、ハルバードは床まで一直線に落ちていく。その横で華麗な回転を見せた姉上は勢いのままにユルゲンに一撃を加えた。

まずい。

そう思ったときに再度、激突音。

見ればユルゲンは姉上の剣を柄の部分で受け止めていた。

「ほう？」

「何も重さだけでこの武器を選んだわけではありません」

「なかなかどうして成長したじゃないか。だが、攻撃を受け止めた程度で満足か？」

二人は互いに距離を取る。

ユルゲンはゆっくりとハルバードを回し始めた。

遠心力を加えた一撃で防御ごと吹き飛ばす気か。

姉上もそれを警戒してか、ユルゲンの間合いには入らない。

だが、ユルゲンはそれを許さずに自分からじりじりと間合いを詰めていく。

「器用に回す奴だ」

「僕自身が重くなったのでね。やりやすいですよ」

「おかしな奴だ。そこまでして私を妻にしたいのか？」

「まさか。僕はあなたの隣にいたいだけです」

「同じことではないか？」

「残念ながら大きく違います。それがわからないならば、殿下もまだまだですね」

「むっ……安い挑発だな」

言いながら姉上は下がるのをやめた。

ユルゲンの挑戦を受けて立つ気だ。まったく。自分の将来がかかっているのに不利な状況に身を置くとは。

元帥として軍を指揮しているならこんなことはしないだろうが、これは個人的な戦い。

だから姉上は自分の主義を貫く。

よく姉上をわかっているなぁ。さすがに。

「はぁぁぁぁっ!!」

ユルゲンはハルバードを大きく回し、間合いを詰める。

そしてユルゲンはハルバードの回転をうまく制御し、突きの体勢に移った。

上手(うま)い。

完全に意表を突いたはず。

そう思ったのだが。

「甘い」

姉上が突き出した剣が勢いに乗り切る前のハルバードの切っ先を押さえ込む。

点と点を合わせる達人芸。

だが、それよりもどうして突きだと読めた？

あれだけハルバードの威力を意識させたし、そもそもユルゲンがハルバードを選んだのも威力と重さを重視したからだ。経緯を知っているからこそ、姉上も叩(たた)き切るような動きを予測するはずなのに……。

「なぜ……」

「ふっ、さすがにぐうの音も出まい」

「まさか……張ったのですか？」

「そんな馬鹿な真似はせん。読んだだけだ。お前はロマンチストだからな。絶対にかつて私が軽いと断じた突きで来ると思っていた。お前が私の性格を知っているように、私だってお前の性格を知っている」

「くっ……」

ユルゲンは再度、距離を取る。

しかし表情を見ればわかる。あれは秘策中の秘策。切り札だ。

それを完全に封じられてしまった。

打つ手はもうないだろう。

「終いだな。また私の勝ちだ、ユルゲン」

「……はい。負けました……」

ユルゲンは項垂れて負けを認める。

リーゼ姉上はそんなユルゲンをフッと笑って勝ち誇る。

「まぁ、悪くはなかったぞ」

「じゃあ、納得したということですか？」

「それとこれとは話が違う。私を納得させる一撃はなかった。だからユルゲンとの縁談はなしだ」

そう姉上は残酷に告げた。

ユルゲンは茫然とした様子でその言葉を聞いている。

「姉上……！　何が気に入らないんですか……!?」

「なんだ？　随分と肩入れするな？」

「肩入れもします。あれだけ努力をしているのに、無下に扱うのはやめてあげてください。気に入っているのは見ればわかります。何か理由があるなら、それを言ってあげてください。振り回される公爵が可哀想です」

俺がそう訴えるとリーゼ姉上は少し考えたあと、寂しそうにフッと笑う。

その笑みは俺が見たことのないタイプの笑みだった。

そして姉上は小さく頷き。

「そうだな……ユルゲン。よく聞け」

「はい……」

「もう私に関わるな。迷惑だ」

ありえない言葉を口にした。

一瞬、俺は自分の耳を疑ってしまう。

今、この人は何と言った？

ユルゲンも驚いているようだ。

だが。

「……そう、ですか……ご迷惑ですか……」

「ああ」

「……身の程をわきまえず申し訳ありませんでした。以後、縁談を申し込むような真似は致しません」

そう言ってユルゲンは深々と頭を下げた。

一瞬、イラッとして姉上を見るが、すぐに苛立ちは霧散する。

姉上が見たことがないくらい沈んだ表情を浮かべていたからだ。

「では失礼する。アル、ユルゲンを頼む」

「え？　ちょっ！　姉上！」

姉上は覇気のない後ろ姿を見せながら歩いていく。

振り返ればユルゲンはユルゲンで両膝をついて放心状態だ。

なんだ、この状況⁉

どっちを見ればいい⁉

レオがいればと思いつつ、俺はしばし二人を見比べて。

姉上の後を追った。

きっと何か理由があると思ったからだ。

本当に迷惑ならばあんな表情を見せるわけがない。

2

「姉上！　リーゼ姉上！」

「なんだ？　まだ何かあるのか？」

不機嫌そうにリーゼ姉上は答える。

近寄るなオーラを出しているし、声も表情も何もかも私は不機嫌だと告げている。普段ならたぶん近寄らない。

けど、今回はそういうわけにはいかない。

「まだ何かも何も、何一つ解決してませんよ」

「お前の言う通り、ユルゲンにはきっぱりと断りをいれた。何が不満なんだ？」

「姉上がそれですっきりしてれば文句は言いません。けど、そうではないでしょ？」

「何を言う？　私はせいせいしているぞ？」

「嘘が下手ですね」

せいせいしているような顔ではない。

むしろ後悔しているような顔に見える。

「歩いて話しませんか？　聞きたいことが山ほどあります」

「私は話すことはない」

「そうですか……実はクリスタに仲のいい男友達ができまして」

「なに⁉　どんな男だ⁉　ちゃんとしているのか⁉　年は⁉」

「嘘です」

一瞬、姉上が虚を衝かれたような表情を浮かべる。

そして。

「そうか。久々に私の稽古を受けたいということだな？」

「わーっ⁉　冗談です！　冗談！　でもこんな嘘も見抜けないくらい知らないことばかりでしょ？」

腰の剣に手をかけた姉上を止めつつ、俺は苦笑する。

姉上はしばし考えてから、ふぅと息を吐いた。

「……手短にな」

「それは姉上次第です。歩きながら話しましょうか」

そう言って俺は姉上の隣に並んで歩き始める。

姉上はずっと黙ったままだ。

やっぱり自分から話してくれる雰囲気じゃないか。

「いくつか気になってることがあるんです」

「そうですか……じゃあ一つだけ。三年前、レオと何がありましたか？」

まさか、その質問が来るとは思ってなかったんだろう。

リーゼ姉上は目を見開く。

そして俺から視線を外した。

「一つなら答えてくれるんですよね？」

「……関係ない話だ」

「そうですかね。そこらへんから帝都に来る機会はめっきり少なくなりましたよね？　やり取りも手紙だけですし、俺には人を避けているように見えます」

リーゼ姉上は忌々しそうに俺を睨むと、空に視線を移す。

そして。

「……三年前、皇太子の葬儀が行われたとき。私はある行動に出て、レオに止められた」

「なにをしようとしたんです？」

「ズーザンを殺しにいこうとした」

「それはまた……」

姉上らしい行動だな。

そしてレオらしい行動でもある。

というか、そんなことがあったのか。

あいつはあいつで秘密がある奴だなぁ。

「母上の死も皇太子の死も奴が関わっている。そう確信していた。だから帝国の災いを除こうとしたのに……レオは私の前に立ちふさがった」

「証拠もなく皇帝の妃を殺せば、姉上も処罰されますからね」

「それでも……殺したかった。どうしても許せないと思った。だから力ずくで通ろうとした。だけど……レオはどれだけ打ちのめされても譲らなかった。間違っていると言って、私を通さなかった」

「あいつらしいですね」

「……レオは言った。裁きは法によってされるべきだと。だが、法は無力だ。証拠の残らないやり方で兄上は殺された。ならば斬るしかない……そう思っていた。だから私はレオを気絶させてでも通る気だった。何度も殴った。何度も……何度もな」

そういえば、皇太子が亡くなってからあいつはしばらく部屋に閉じこもっていた。

ショックなんだろうと思ったが、姉上に殴られたせいか。

「それでも……レオは退かなかった。間違っていると。兄上はそんなこと望まないと。だが……家族が二人も死んだんだ……私は黙ってはいられなかった。正論を語るなと。母と支えると誓った兄を失った私の気持ちがわかるのかと。残された者の気持ちがわかるのかと……。それに対してレオは、クリスタはどうなるのかと告げた。他の家族は？　帝国は？　兄上が守ろうとしたモノは？　すべての責任を放棄することは逃げでしかないと」

「……それでそんなレオに姉上はなんと？」

　リーゼ姉上は空から地面に視線を落とす。その顔はひどく落ち込んでいた。

　こんな顔を見るのは初めてだ。

「……何も言えなかった……頭に血が上っていたことにそこで気づいた。気づいたら……その場にはいられなかった。ボロボロのレオに会わす顔がなくて……逃げるように国境へ戻った」

「なるほど。そんな自分が許せないから人と会うのを控えていたんですか」

「……ああ、許せなかった。同時に怖かった。レオが止めてくれなければ私は愚かな行動に出ていただろう。そんな自分が怖くて……親しい者を作るのをやめた。知り合いとはどんどん関係を断った。それでも断てなかったのがお前とクリスタ……あとはユルゲンだ。遠慮なくこちらに関わってくるユルゲンを迷惑だと最初は思ったが……ありがたいとも思った」

　気づけば俺たちは高台に登りつつあった。

　姉上はそのまま無言で登り続け、そして頂上に着くと置いてあったベンチに腰掛けた。

　その姿はいつも覇気に溢(あふ)れる姉上とは別人のようだった。

「〝共に死ねる者〟としか結婚しない。それはそういう背景から出た言葉だったんですね」

「……残された場合、自分が何をするかわからない。だからといって……残される痛みも与えたくはない。私は軍人だ。自分の死は覚悟している。だが……軍人でもない者の死は許容できない」

「だからラインフェルト公爵が軍に入るのを阻止したんですね？」

「ユルゲンは優秀だ。兵糧管理をやらせてもいいし、参謀でもいいかもしれない。だが、共には死ねない。私が感じた痛みをユルゲンに味わわせたくなかった」

「だけど、関係を断ち切るほど冷徹にはなれなかった。もっとも親しい友人だからですね？」

「……向こうはどう思ってるか知らないが、私からすれば古い付き合いの友人だ。だが、お前に言われて思ったんだ。私の勝手で縛り付けるべきではないと。私は……甘えていた」

それがさっきの言葉か。

不器用というか、なんというか。

姉上の時間は三年前で止まってしまったのかもしれないな。

軍人としての責務にだけ目を向けて、色々なモノから目を逸らした。

それを責めることはできない。皇太子と最も仲がよかったのは姉上だ。支えるべき主として皇太子を見ていた。俺がレオをそう見るように。

レオを失ったら……果たして俺は前を向けるだろうか？

難しいな。おそらく姉上と同じ行動に出る。

だが、それを止められてしまったら？

やり場のない気持ちを抱えて、姉上は生きてきたんだな。

「姉上の気持ちがわかるとは言えません。俺は誰も失っていませんから。長兄は尊敬できる人でしたが、家族というには関わりが薄かった。俺には母がおり、弟もいる。大切な誰かを失ったことはありません。だけど、それでも言えることがあります」

「なんだ……？」

「俺はあなたを家族だと思ってます。クリスタも母上も、おそらくレオも。だからあなたの今の生き方は悲しい。今の生き方の先に幸せがあるとは思えません」

「私は幸せを求めてなどいない。描いた幸せな理想は……三年前に砕け散った」

「それ以上の理想をレオが作りますよ。だから姉上も前を向いてください」

それは説得力のない言葉だった。

ようやく帝位争いに参入したばかりのレオに、皇太子以上の理想が作れると断言するのは身内の贔屓目でしかない。

レオはよく皇太子と比べられる。本人も皇太子のようになろうとしている。

　だが、誰も皇太子と肩を並べたとすら言わない。今のレオは皇太子の劣化コピーだ。

　でも。

「レオの足りないところは俺が補います。俺たちは二人でなら長兄だって超えられる。姉上が長兄と描いた理想の未来以上のものをお見せします。だからそれを見る努力をしてください」

「……大きく出たな。私と兄上の理想はお前が思うよりもずっと壮大だぞ？」

「望むところです」

　そう言って俺はしっかりとリーゼ姉上の目を見た。

　その目はいつもとは違う。

　穏やかな目だった。

「……弟の成長を見せられるのは不思議な気分だ」

「そうですか？　じゃあレオを見ればもっと不思議な気分になりますよ。あいつだってちゃんと成長しています。俺たちだけじゃない。偉大な皇太子が亡くなってから、皆がそれぞれ成長しています。それはラインフェルト公爵もそうです。あなたに相応しい男になろうと努力したあの人の結末があんな別れで良いはずがない。結婚する気がないなら別に構いません。でも、あの人のこと嫌いではないんでしょう？」

「まぁな……私のために努力をする男だ。好ましいとすら思ってる。もちろん、異性として見る気はないが」

「それならそう言いましょう。関係を断ち切るのはあんまりです」

「それはそうだが……」

姉上はなんだか歯切れが悪い。

まさか。

「気まずいとか言いませんよね？」

「き、気まずいに決まっているだろ⁉ あんな風に突き放したあとに何と言えばいい⁉」

「別にいいじゃないですか。適当に言っておけば。あの人なら気にしませんよ」

「私が気にするんだ！ 私のほうから関係を修復するのはなしだ！ 向こうが頼んできて、はじめて私がこれまでどおりでいいと言う！ これが一番だ！」

「面倒くさい人だなぁ……」

「姉に向かって面倒くさいとは何事だ⁉ 弟なら姉のために努力しろ！ ユルゲンには協力したのに私に協力しないとは言わせないぞ⁉」

はぁ、ユルゲンの縁談を手伝ってたはずなのに、なぜこんなことになるのやら。

ユルゲンなら姉上が一言、言い過ぎたといえば泣いて喜ぶと思うんだが、それはプライドが許さないらしい。

やっぱり面倒な人だ。

まぁ少し姉上らしさが戻ったのはいいことだ。

少しずつでいい。すぐには何もかも上手くはいかない。

そう思っていると誰かが高台に上がってきた。

「ん？　あなたはラインフェルト公爵の執事？」

「こ、こちらでしたか！　りょ、両殿下にご報告します！　南で紫の狼煙が上がりました！　南部で国家全体に危険を及ぼす異常事態が起きたようです！」

紫の狼煙は最高レベルの異常事態を告げる狼煙だ。ひとたび上がれば、各地にある中継地を経て帝都にまで伝わる。

三年前。皇太子が前線で死亡したとき以来。

その狼煙が南部で上がった。

「レオ……？」

思わず南へ視線を向ける。

あの日もそうだった。

運命の分岐点はいつもこっちが準備をする暇も与えずやってくるらしい。

俺と姉上は同時に走り出した。

3

「ユルゲンはどうした⁉」

屋敷に戻ったリーゼ姉上は真っ先にそう訊ねた。

いるはずのユルゲンがそこにはいなかったからだ。

「公爵はすでに騎士を率いて出陣致しました」

「出陣だと⁉」

さすがというべき早さだ。

だが早すぎる。

動ける騎士だけを連れて出陣したところでたかが知れている。

「すぐに呼び戻せ！　南部の状況もわからないのだぞ⁉　なぜ行かせた⁉」

「もちろんお止めしましたが……公爵は殿下の露払いをすると言って……」

「露払いだと⁉　ユルゲンは一体、何をしに行った⁉」

「公爵は進路上のモンスターを討伐しに向かいました……」

なるほど。

それなら動ける騎士だけ率いていったのは理解できる。

だが、危険なことには変わりないしここから南部に行くのはかなり難しい。

距離もあるし、南部までは森が多い。舗装された道ではないし、森にはだいたいモンスターがいる。

「姉上。練兵中の部隊は？」

「新兵は使えん。演習相手に連れてきた騎兵連隊を連れていくしかないだろうな」

連隊は五個の中隊でなる。一個中隊はだいたい二百人だから騎兵連隊は千人という計算だ。まぁ怪我人やら欠員もいるだろうからちょうどということはないが、だいたい千人だろう。

「一個連隊だけですか……少ないですね」

「急いで駆け付けるなら多いくらいだが……駆け付けたところで出来ることは少ないな」

紫の狼煙は国家の一大事だ。

おそらく狼煙を上げたのはレオだろう。今の南部で紫の狼煙を上げられるだけの権限を持っているのは南部国境の将軍か、巡察使であるレオくらいだ。

それだけ紫の狼煙は効果がデカい。

安心するべきかどうかわからないが、レオが死んだ程度では上がらない狼煙ということだ。

それが上がったということは、それだけやばいということだが。

「せいぜい威力偵察でしょうね」

「それでも状況を把握するには必要だ。向こうの状況次第では南部の軍を動かす。とにかく現地に赴かなければならん」

そう言う姉上は覇気に満ち溢れていた。

帝国元帥としての姉上だ。

さて、それに対して俺はどうするべきか。

転移で南部に行くのは簡単だし、姉上を連れていくのも簡単だ。ただし、正確な転移は不可能だ。南部のどこで問題が起きているのかわからない。リンフィアの村なのか、それともどこかの街なのか。もしくは目印となる場所すらないところなのか。

最悪、シルバーとしての正体を明かして姉上と騎兵連隊を南部に運ぶことも考えなきゃいけない。今はそういう事態だ。

だが、南部に千人を運べばかなり魔力を食われる。単体で移動するのとはわけが違う。どうせ転移門を作るならもっと効果的なポイントで使いたい。

「とにかく連隊の到着を待つしかないですね」

「そうだな……」

そう言って答える姉上の表情は心配そうだった。

■■■

「閣下。第七騎兵連隊、招集に応じて参上いたしました」

「ご苦労、連隊長」

額に手を当てる敬礼を見せた壮年の連隊長に向かって、姉上も敬礼を返す。

こういうところを見ると、軍隊だなぁと実感する。

「新兵たちはどうした？」

「練兵場にて待機させてあります。東部国境には伝令を送りましたが、伝令が来る前に増援を派遣するでしょうし、今は現地に急ぎましょう」

帝国軍は基本的に国境に戦力を集中させている。

もちろん中央にも戦力はいるが、各領地には領主の騎士がいるし、帝都には近衛騎士団もいる。

だから帝国軍は外敵に備えるのが基本だ。

そんな中でも東部と西部は元帥が国境守備の全権を握る精鋭軍だ。ほかの国境に異常があれば援軍を送るだけの余力もある。おそらく訓練で幾度もやってきたんだろう。

かつて皇太子は北部前線を視察中に偶発的に戦闘に巻き込まれ、指揮をとっている間に亡くなった。姉上は自分が駆け付けていればと後悔していた。

東部国境の動きが早いのはその教訓があるからだ。

しかし。

「この時間です。速度は出せませんよ？」

「仕方あるまい。できるかぎりのやり方で進むしかない」

すでに外は薄暗い。

これからどんどん暗くなる。

夜の行軍は危険だ。ショートカットをしようとすれば森を抜けることになるが、夜に活動するモンスターも多い。

回り道をすれば避けられるが、それだけ時間がかかる。

俺はしばし考え込む。

ここはシルバーであることを明かし、転移するべきだろうか。

しかし、南部の街に飛べばそこの領主への説明もいるし、現場から離れていれば結局は夜間行軍となる。

どうするべきか迷っていると公爵の執事が息を切らしながら走ってきた。

「どうかしましたか？」

「い、いえ……はぁはぁ……準備が整いましたのでお知らせに……」

「準備？　何のだ？」

「聞いておられないのですか……？」

執事は信じられないといった表情を浮かべ、姉上を凝視する。

姉上は姉上で怪訝そうな表情を浮かべるが、執事はすぐに我に返った。

「公爵らしいですな……こちらへ」

そう言って執事は俺たちを屋敷の上階へ案内する。

するととんでもない景色が見えてきた。

「これは……道？」

南の方角へ光る道が伸びていた。

それは遥か遠くまで続いている。

「三年前から公爵が周辺の領主と協力して作り上げた〝光の道〟です。いまだ未完成ですが、南と北にそれぞれ伸び、国境までを一直線で繋ぐ街道となる予定です」

「どうしてこんなものを……？」

「建前上は商人の運搬ルートを確保することですが……」

「真の狙いは姉上が南と北に駆けつけられるようにするためか……」

執事は静かに頷く。

三年前のあの日。

こんな道があれば。ユルゲンはそう思ったに違いない。

だからまた同じことが起きたとき、姉上が後悔しないように作っていたのか。

「大した人だ……」

「閣下！　これなら最速で南部へ向かえます！」

「そう、だな……すぐに準備せよ」

姉上が指示を出し、連隊長が走っていく。それを見て執事も静かにその場を立ち去る。

しばらく姉上はその光の道を眺めたあと、呟く。

「馬鹿な奴だ……そうは思わないか？　アル」

「そうですね。ラインフェルト公爵領はすでに十分豊かです。この道が完成すればより得をするのは周辺の領主です」

もちろんラインフェルト公爵領にも恩恵はある。だが、こんな大規模なモノを作ったことを考えれば大きくマイナスだろうな。

取り戻すのに何年かかるやら。

この周辺にいる領主たちはたいして大きくない。おそらく建設費の大半はユルゲン持ちだ。

「どうして……ここまでするのだろうな？」

「さぁ？　俺にはわかりません。ご本人に聞くしかないでしょうね」

それは嘘だった。

答えは察しが付く。

愛してる。その言葉に誠実でいるために公爵はこの道を作った。

愛した人が助けたい人を助けにいけるように。二度と後悔しないように。

ユルゲンも三年前から始まった姉上の変化を感じていたのかもしれない。いや、ユルゲンこそが一番感じていたのかもしれない。

「……アル」

「なんでしょうか？」

「私はどうすればいい……？」

「それもわかりません。ただ姉上は姉上らしくいるべきでしょうね。罪悪感から縁談をオーケーなんてしたら、たぶん公爵は失望しますよ。こんな人を好きになったわけじゃないって」

「面倒な奴だ……」

「でしょうね。帝国でも三指に入る面倒な人だと思います。なにが面倒かって、ここまでしておいて何一つ姉上には言っていないというところです。ここまでしたから結婚してくれって言う人なら楽なんですがね」

何かをしたから結婚してもらえる。そういう考えじゃないんだろう。好かれるためにしているわけじゃない。

自分のためではなく、愛した人のため。

愛に誠実でありたいと言ったときは重いと思ったが、なるほど。

ここまで来ると称賛すらしたくなる。

恐ろしいほど一本筋の通った人だ。

「申し訳ないとかって感情ではなく、ただ単純に結婚するならこの人がいいと思ったなら、そこで初めてオーケーすればいいんじゃないですかね？」

「それはない。ユルゲンはどこまで行っても良き友人だ」

「そうですか。まぁ、姉上のことですから姉上が決めればいいと思いますよ。ただ」

「ただ？」

俺はしばらく黙ったまま踵(きびす)を返す。

そろそろ騎兵連隊の準備ができる頃だからだ。

それを見て、姉上も俺についてくる。

「ただなんだ？」

「気になりますか？」

「当たり前だ。早く言え」

「そうですね……義兄(あに)上と呼ぶならあんな人がいいと思っただけです。最低でもあの人くらいじゃないと俺は義兄と認めません」

「ふっ……そうか」

俺の言葉に姉上は軽く笑うと青いマントを翻して早歩きを始めた。

その姿は威風堂々としていて、覇気に満ち溢れていて。

見慣れた姉上の姿だった。

「行くぞ。レオの下へ」

「はい」

こうしてリーゼ姉上と俺は南部へ一直線に向かうことになったのだった。

4

俺とリーゼ姉上は騎兵連隊を引き連れて、全力でかけていた。夜を徹して走ったが、いまだユルゲンには追い付かない。

光の道は特殊な光る石を棒に固定して形作られていた。昼間では普通の石だが、夜間だとしっかりと光る。別に高価な石ではない。子供が山に登って取ってくるくらいだ。

しかし、その数が尋常じゃない。

未完成と聞いていたが、どこまで伸びているのやら。

「国家の協力もなしによくこんなことができましたね」

「ユルゲンは多くの商人と繋がりがあるからな。それとあいつはつい最近までエリクと協力関係にあった。その影響も大きいだろう」

「怖い人だなぁ」

エリクすら利用してたか。

帝位争いに関わらない公爵家はない。

たしかにユルゲンはエリクと繋がっている商人と付き合いがあった。何故エリクなのかといえば、最有力の候補であるということ、そしてたぶんこれが一番の理由だが。

「ゴードンは今のところ私に敵意を向けていないが、気質的に皇帝になれば私と衝突する。ザンドラは言うまでもないだろう。だからユルゲンはエリクと接触していた。本人談だから間違いない」

「なんでも姉上優先なんですね」

「好きにしろと言った結果だ。私が頼んだわけじゃない」

馬を走らせながら姉上は呟く。

その顔はやや不満そうだ。心配されていたことが少々気に食わないんだろう。

「エリク兄上も狙いはわかったうえで付き合ってたんでしょうね。この道は国家にとっても非常に有益です」

「ユルゲンは周到だからな。そうなったら国に売りつけて儲けを出すはずだ」

「やりそうだなぁ」

結局、姉上のためになればそれでいいってスタンスだが、取るべきものはしっかり取る。いくつかプランを考えて動いているんだろうな。

やっぱり恐ろしい人だ。

「あの人が姉上に惚れていて助かりました」

「どういう意味だ？」

「姉上に惚れてなきゃ、情勢を見て帝位争いに介入してくる厄介すぎる公爵です。お金も持っているし、人脈もあちこちにある。敵に回っていたらと思うと頭痛がしてきます」

「まぁたしかにユルゲンは優秀だ。敵に回れば厄介だろうな」

「ザンドラ姉上に惚れてたら目も当てられない状況になってたかもしれませんね」

「ユルゲンを侮るな。あれでも私に惚れ続ける男だぞ？　ザンドラごときに心奪われるわけないだろ」

「……」

なぜか姉上はちょっと怒った様子で言ってきた。

目を丸くして俺は少し後ろを走る連隊長に視線を移す。

連隊長はクスリと笑って、一つ頷いた。

これはあれか？

「姉上……」

「なんだ？」

「あー、やっぱりいいです。言っても無駄だと思うので」

喉まで惚気ですか？　という言葉が出かけたが飲み込む。

言ったって否定されるだけだ。

まぁ実際、そういう対象に見ていないとしても、だ。

姉上がユルゲンを認めていることは確かだな。

そんなことを思っていると前方で光が揺れていた。

見れば村人らしき人たちが集まっていた。

「軍人様方！　食事を用意しておきました！　走りながら食べてください！」

そう言って村人たちが連隊の面々に携帯食料を渡していく。

俺と姉上はそこで立ち止まるが、連隊長は携帯食料を受け取った者からどんどん先を急がせている。

「すみません！　誰の指示ですか!?」

「ん？　なんだい？　兄さん、聞いてないのかい？」

初老の女性が俺に携帯食料と水を押し付けるように渡す。

そして。

「公爵様だよ。後ろから軍人さんが来るから食事を用意しておいてくれってね。この道を作るときにわざわざスペースを作ってさ、あたしらに頼んできたのさ。走りながらでも食事を受け取れるように協力してほしいってね」

「なるほど」

「ほら！　そこの別嬪さんもお食べ！」

そう言って女性は姉上にも食料を押し付ける。

姉上は素直にそれを受け取り、周りを見渡す。

夜を徹して走っていた騎兵連隊は疲れていた。だが村の者から食料を貰い、言葉をかけてもらったおかげか幾分かマシな顔になっている。

ユルゲンの配慮だ。

「……ありがたくいただく。お代は？」

「気にしなくていいさ！　毎月公爵様が村にお金を置いていってくれるんだ。こんなにいらないって言っても聞きやしない。ただ、この道を通る人には良くしてくださいって言っていくだけさ。といっても、実際に通ったのはあんたたちが初めてさ。公爵様の後を追ってるんだろ？　会ったらよろしく言っておいてくれね」

「そうか……了解した。必ず伝える」

そう言って姉上は馬を走らせる。

俺もその後を追いつつ、携帯食料と共に渡された袋を開く。

そこにはクッキーが入っていた。

「姉上は甘い物が好きですからね」

「うるさい。軍人は大なり小なり甘い物が好きだ。前線では食べられない物だからな。これで元気も出るだろう」

「姉上も元気が出ましたか？」

「馬鹿を言うな。私は初めから疲れていない」

そう言って姉上は馬をどんどん先に進ませる。

ユルゲンのことだ。馬の休憩スペースも用意しているんだろうな。

なるほどなるほど。

「姉上に惚れるだけはある」

そう言って俺も姉上の後を追うのだった。

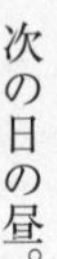

次の日の昼。

そろそろ騎兵連隊の疲労もピークに達しようとしていた頃。

光の道が途切れた。そして、その少し先に真新しいモンスターの死骸が見えた。

「まだ新しいですね」

「近いか」

ユルゲンたちが近いということは、モンスターも多くなるということだ。

あの道を作る上で近くのモンスターは討伐したはずだし、そもそも光る奇妙な物に警戒心の強いモンスターは近寄らない。それ以外にも色々と対策はしてあるはずだ。

だが、それが途切れる。

とはいえ、もう南部には足を踏み入れている。レオたちの正確な位置は定かじゃないが、現地に到着するのも時間の問題だ。

そんなことを思っていると、先の方で戦闘音が聞こえてきた。

「ラインフェルト公爵たちですね」

「そうだな」

冷めた一言。

表情も変わってない。だが、馬を急(せ)かすように腹を蹴っている。

なんだかんだ心配なんだな。

「公爵……！　これ以上は無茶(むちゃ)です！」

「負傷した者は下がれ！」

最近、聞き慣れてきた声が響く。

見れば道から少し離れたところでユルゲンたちは大きな熊型のモンスターと対峙してい
た。

ダブルヘッドベアー。A級モンスターだ。しかし特徴である二つの頭のうち、一つは潰
されている。

だが、そのせいかかなり狂暴になっているようだ。その周りには小さなモンスターが何
体もいる。

これまで多くのモンスターを討伐しながら走っていたユルゲンと騎士たちは、疲労から
動きが鈍くそのモンスターの一団に苦戦していた。

ダブルヘッドベアーの爪がユルゲンに襲い掛かる。

間一髪、ハルバードで防いだが、ユルゲンは大きく吹き飛ばされた。

「ユルゲン！」

思わずといった様子で姉上が名前を呼ぶ。

そして駆け付けようとするが、ユルゲンは姉上の姿を認めるとすぐに立ち上がって叫ん
だ。

「手出しは無用！　先を急いでください！」

「無茶をするな！　あとは部下に」

「余力があるなら南部の問題に使ってください！　ここは我々にお任せを！」

そうは言うが、ユルゲンの周りにいる騎士はそこまで多くはない。

おそらくモンスターが俺たちの邪魔をしないように散っているんだろう。

姉上はユルゲンの言葉を無視して部下に討伐を命じようとするが、ユルゲンは鬼の形相で姉上を睨んで制止した。

「侮らないでいただきたい！　僕も騎士たちも露払いくらい務められます！」

「もういい！　もう十分だ！」

「構わずお先に！　何のために来たのです!?　南部で国家を揺るがす事態が起きているから来たのでしょう!?　あなたを待つ人がいます！　早く行ってください!!」

そう言ってユルゲンはダブルヘッドベアーに向かって突撃し、動きを封じる。

それを見て、連隊長が部下を前進させた。

「連隊長!?」

「お許しください。公爵の言うとおりです。我々は先を急ぐために来たのです」

そう言って連隊長はお先に失礼しますと言って、自分も先を急ぐ。

それでも姉上は動かない。

「ユルゲン……どうしてそこまでする？　もう十分、援護はもらった。そこまでしなくていい……お前は戦うタイプではない……」

それはずっと抱えていた疑問だったのだろう。

それに対して、ユルゲンはダブルヘッドベアーと力比べをしながら答えた。

「単純です……！　恰好をつけたいからです……！」

それは身も蓋もない答えだった。

だが、ユルゲンらしいかもしれないな。

ユルゲンはたしかに商人タイプだ。わざわざ前線に出てモンスターと戦う必要なんてない。馬鹿な行動かもしれない。

だけど。

「愛した人の前でカッコよくいたい……！　あなたの前では頼りになる男でいたい……！　男が体を張る理由がそれ以外にありますか……!?」

「なんだ、その答えは……」

「男はそういう生き物なのです！　馬鹿だと言われても構わない！　僕はあなたのために体を張りたい!!」

そう言ってユルゲンは気迫のこもった声を出してダブルヘッドベアーを押していく。

今までとは違うユルゲンの力にダブルヘッドベアーが怯む。

その隙を逃さず、ユルゲンはハルバードを華麗に振り回してもう一つの首を刎ね飛ばした。

「うぉぉぉぉぉぉぉぉ!!!!」

「公爵がやったぞ！　続け！」

「はぁぁぁぁっ!!」

「うぉぉぉぉぉ!!」

ユルゲンがハルバードを大きな声と共に掲げると、疲れ果てた騎士たちも息を吹き返した。

そっと姉上を窺う。まだ心配そうな顔をしている。

よかった。バレてないらしい。

余計かと思ったが、少しだけ力を貸した。

疲労回復する結界を張ったのだ。しかしそれだけだ。

強化の結界ではないのに、なぜユルゲンがダブルヘッドベアーを押し返せたのかは謎だが。

せいぜい平常時と同じぐらいの力だ。今なら愛の力という軽すぎる言葉でも信じてしまうかもしれない。

「大丈夫そうですよ？」

「……」

「はぁ……俺が残ります。俺が残ればもう無茶はできませんから安心して行ってくださ
い」

「いいのか？」

「俺も疲れましたし、よくよく考えると俺が行っても何もできませんからね。レオのこと、よろしくお願いします」

「そうか……わかった。レオのことは任せておけ。それとあまり自分を卑下するな。ちゃんと私たちの強行軍についてきたじゃないか……。お前は立派になった。心身共にな。だからユルゲンを頼むぞ？」

「お任せください。未来の義兄上ですからね」

「まだそうと決まってない」

「どうでしょうか？　さっきのカッコよかったと思いますけどね」

「侮るな。ユルゲンならあれくらいやって当然だ」

そう言って姉上は馬を走らせる。

その姿が見えなくなった頃、ユルゲンたちもモンスターの討伐を終えた。しかし、俺が結界を解いたせいか全員が一斉に膝をつく。

さて、安全な場所まで退避させるとするか。

「世話の焼ける人たちだ」

そんなことを呟きながら俺はユルゲンたちのほうへ馬を進ませたのだった。

5

「逃げる民を守れ！　追わせるな！」

レオはあらん限りの声でそう指示を出した。

バッサウに向かっていたレオたちはすぐにバッサウ上空に黒い巨大な球体が浮かび上がったのを察知した。

その黒い球体の異常さを見て、レオは即戦闘準備を始め、緊急事態を告げる紫の狼煙を上げた。それほどに黒い球体は異質であり、直感であれはまずいものだとレオは察知したのだ。

見たこともないそれはレオの理解を超えており、同時にそれが起こす事態もレオの理解を超えていた。

唯一の救いは、早計すぎると進言する近衛騎士の制止を振り切り、紫の狼煙を上げたことが結果的に正しかったことだろう。

「くっ！」

レオは騎乗しながら剣を振るう。

その切っ先の先には骨だけのモンスターがいた。

スケルトンと呼ばれる下級モンスターだ。アンデッド系に属する特殊なモンスターであり、普通ではまず発生しないモンスターだ。

弱点である胸部を砕き、レオは一体倒すがそんなものは焼石に水だった。

まるでコップから水が溢れ出るようにスケルトンがバッサウから湧いてきていた。

その数は見えているだけで数百はくだらない。

そんなスケルトンの軍団からバッサウの民は逃げまどっていた。

「レオナルト殿下！　お下がりください！」

そう言って近衛騎士がレオの周囲にいたスケルトンを瞬時に斬り伏せる。

だが、どれだけ斬ってもスケルトンは湧いてくる。

「キリがありません！　一度退きましょう！」

「いや、ここで食い止める」

「正気ですか、殿下!?」

レオの判断に近衛騎士は悲鳴のような声をあげる。

この場にいるのはレオとその護衛である近衛騎士隊。あとはリンフィア、そしてアベルとそのパーティーメンバーだけだ。総数でいえば二十に届くかどうか。

数百を超えるスケルトンを食い止めるのはどう考えても不可能だった。

「ここで退けば逃げる民が背を討たれる。撤退はしない。この場で戦線を維持する」

「ならば殿下はお下がりください！」

「僕は下がらない。他に言うことは？」

レオはスケルトンを斬りながら訊ねる。

退くのは簡単だ。だが、それをしてしまえば守るべき民が危険に晒される。

我が身可愛さに民を危険に晒すわけにはいかない。

今のレオは皇帝ではない。その身が帝国にとって重要ならば退くことも考慮したかもしれない。だが、今のレオは所詮は帝位候補。

その命の重みは皇帝ほど重くはない。

「僕は南部に我を通しに来た。苦しむ人を助けたいと願って、この場にいる。それは今も変わらない。君らはどうだ？　近衛騎士として剣を捧げたあの日。皇帝陛下に誓った思いはいまだに胸にあるか？」

どんどん湧き上がるスケルトンの軍団に対して、撤退を進言していた近衛騎士は押し黙る。

近衛騎士は皇帝の剣として、皇帝の前で宣誓する。捧げた剣と自らの誇りに誓うのだ。

「帝国と民のためにこの身を捧げると誓いました。胸からその誓いが消えることはありません」

「よろしい。なら戦うんだ。ここで稼ぐ時間はきっと意味あるモノとなる」

「はっ！」

それでもはやレオに撤退を促す者はいなくなった。

レオとてただ感情に任せて残ると言ったわけじゃない。

次々に溢れてくるスケルトンは無秩序に行動しているわけじゃない。近場にいる敵に集まっているのだ。

つまりレオたちがスケルトンを引きつける形となっている。

ここで退けば最も近い目標を失ったスケルトンが南部一帯に散りかねない。

そうなれば南部の領主たちは独力で自分の領地の防衛を強いられ、スケルトンを討伐するのも時間がかかる。

帝国のことを考えればこの場に残って〝囮〟になるのが一番だと判断したのだ。

「レオナルト殿下。ご相談が」

「なんだい、リンフィア。まさか君まで撤退を進言しないよね？」

「後ろには故郷の村があるんです。申し訳ないですが、殿下に撤退されては困ります」

「さすが。よくわかってるね」

リンフィアが同じ考えに至っていたことにレオは苦笑する。

南部貴族の不正が疑われている中で、南部にスケルトンが散ることになれば真っ先に被害を受けるのは流民の村だ。おそらく守ろうとする領主は少数だし、守り切れるだけの力を持つ領主はさらに少数だ。

「それで、どんな相談かな？」

「援軍を呼びましょう」

話をしながらリンフィアはレオの周りにいるスケルトンを掃討していく。

少しでいいからしっかりと話す時間が欲しかったのだ。

「援軍？　どこから？」

「南部一帯からです。もっとも近い街まで伝令を送るんです」

「領主を急かすのかい？」

「いえ、領主はあてになりません。頼るのは冒険者です。彼らは報酬さえ払えば裏切りませんし、それなりに働いてくれます。アベルさんたちのように」

「ああそうだよ！　報酬をたっぷり貰ってるから逃げねぇよ！　すぐに逃げたいところだがな！」

近場で戦っていたアベルがそんなことを言いながらスケルトンを斬っていく。周りではアベルのパーティーメンバーがアベルに不平を漏らす。

「リーダーが報酬に釣られるから……」

「俺のせいにすんな!?　みんなで相談しただろ!?」

「いや、みんな反対したのに、リーダーが困ってる村を見捨てられるかって謎の正義感を出して押し切ったんじゃないか」

「おいおい⁉　ここにきて責任を被せるのはやめようぜ⁉　俺たちパーティーだろ⁉」

アベルのパーティーたちはそんな愉快な会話を繰り広げながら、適切な間合いで互いをフォローしあう。

対モンスター戦において冒険者はプロだ。

たしかに冒険者が援軍としてくれれば強力な助っ人となるだろう。

しかし。

「南部にある小さな支部にいる冒険者だけじゃ焼石に水だ」

「それはわかっています。ですからギルド全体に依頼を出します」

「どういうことだい？」

「レイドクエストを発注します」

レイドクエスト。聞き慣れない言葉にレオは少し記憶を探る。

聞いたことがある言葉ではあったからだ。

記憶の底。幼い頃に母に聞いた話の中で出てきたはず。

「たしか多数の冒険者が参加可能な大規模なクエストのことだね？」

「はい。最近ではめったに行われませんが、今回はうってつけでしょう」

「ちなみにめったに行われない理由は？」

「単純にお金がかかるからです」

リンフィアの答えにレオは納得する。

低ランクの冒険者を多数投入するよりは、高ランクの冒険者を一人投入したほうがいい。その最たる例がＳＳ級冒険者だ。

レイドクエストを依頼するよりは、ＳＳ級冒険者一人に依頼したほうがずっと安い。レイドクエストとはそれだけお金がかかるのだ。

「それで資金のあてはあるのかい？　僕はそこまで持ってないよ？」

「アルノルト殿下が大金を持たせてくださいました。それを使わせていただきましょう」

「まったく……普段はお金をぜんぜん使わないのに、他人にはポンと大金を渡すなんて」

「アルノルト殿下らしいではないですか。お優しい方です」

そう言ってリンフィアは微笑むとレオにアルから預かった袋を手渡す。

てっきりリンフィアが行くものと思っていたレオは首を傾げる。

「君が行ったほうが手続きとか楽だと思うんだけど？」

「裏切る可能性がないとは言えません。近衛騎士の方に行ってもらうほうが安心でしょう」

レオはリンフィアの言葉に眉を顰める。

すでにレオはリンフィアを信頼していた。裏切ることも臆病風に吹かれることもありえないと思っていた。だが、それはレオの個人的な信頼だ。

この大事な局面で一介の冒険者に大任を与えるわけにはいかない。

レオの立場を考えた上でのリンフィアの提案だった。

「私はレオナルト殿下のお傍で戦います。アルノルト殿下にお約束したのです。必ずあなたのお力になると」

「すでに十分、力になってもらっているよ。伝令役を買って出る者はいるか⁉　絶対に逃げないと自負する者は！」

そう言ってレオは近衛騎士に問いかける。

ただ伝令役を求めても近衛騎士は頷かない。敵の前から逃げるような行為だからだ。ましてや守るべき皇族のレオが戦っている状況ではなおさらだ。

だが、レオは逃げないと自負する者と付け加えた。

ここで名乗りをあげなければ自分に自信がないということになってしまう。

すべての近衛騎士が名乗りをあげる。その中で最も馬の扱いに長けた騎士にレオは袋を渡して指示を出す。

「もっとも近い街へ向かい、冒険者ギルドにレイドクエストを依頼するんだ！　冒険者ギルドは大陸中に連絡を取れる！　帝都に事の詳細を伝えてもらうことも忘れるな！」

「はっ！　すぐに戻ってまいります！　御武運を！」

「君もな！」

そう言って騎士は走り出す。

それを見送り、レオはバッサウの街に視線を移す。

黒い球体は禍々しい雰囲気を増しており、スケルトンは数を減らさない。

まるで地獄の入り口だ。

そんな感想を抱きながらレオはただ無心に剣を振り始めたのだった。

6

帝都では皇帝ヨハネスが重臣たちを召集していた。冒険者ギルドを通じて、南部の状況が把握できたからだ。

「それでは重臣会議を始める……」

その声に覇気はない。南部から紫の狼煙が上がったと聞いてから、体調が優れないからだ。それはここ最近の疲労と三年前、同じ煙を見て、皇太子を失ったという精神的なものから来る体調不良だった。

しかし、皇帝として緊急事態に対処しなくてはいけない。

「陛下、顔色が優れませんが……」

「同じことをミツバにも言われた。侍医を呼べとも言われたが、医師は休めと言うに決まっている。時間の無駄だ」

「しかし……」

「くどいぞ。フランツ」

宰相であるフランツはヨハネスの体を心配していた。長年仕えてきた主だ。いつもと様子が違うことはすぐにわかった。だが、ヨハネスの言うことも理解できた。

「わかりました。ではこの一件が終わりましたら、ご休暇を」

「わかったわかった。では始めるぞ……。皆ももう知っていると思うが、南部で紫の狼煙が上がった……。上げたのはレオナルトだ。謎の球体が出現し、アンデッドモンスターが大軍となって出現したらしい……皆の意見を聞きたい……」

何とか喋り終えると、ヨハネスは深く息を吐いて、玉座に背中を預けた。そして目を瞑り、声に耳を傾ける。

「陛下。軍によっての殲滅が一番かと。中央からでは時間がかかります。南部国境守備軍を動かしてはいかがでしょうか？」

「しかし、そうなると南部国境が手薄になります。万が一のこともありますので、ここは中央軍を動かすべきかと。いくつかの近衛騎士隊も派遣すれば、戦力としては十分ですし、早期解決も見込めます」

「近衛騎士を動かせば陛下の周りが手薄になるぞ。東部での一件を忘れたか？」

「ならばどうする？　近衛騎士団は帝国最強戦力だ。緊急事態に遊ばせておく気か？」

「陛下の護衛は遊びではない！」

「陛下の安全は大切だが、近衛騎士団総出で守る必要はない！　今は南部の問題を早期解決するのが先決だ！」

重臣たちが意見をぶつけ合う。それを聞きながら、ヨハネスは思うように働かない頭に苛立っていた。いつもならばいくつかの方策が思いつく。しかし、今はまったく思いつかない。重臣たちの意見も聞いているだけで、頭には入ってこない。

目を開けてみると、重臣たちがぼやけて見えた。何度か瞬きをして、視界を安定させようとするが、一向に良くならない。そして次第に視界が揺れ始めた。まるで自分だけ地震の最中にいるようだった。

吐き気とめまい。それに激しい動悸。ヨハネスは苦し気に顔を歪めた。

まずい。そう思っていても良くはならない。次第に声も遠くなっていき、今、自分がどこにいるのかも定かではなくなってくる。

そして。

「陛下⁉」

ヨハネスは崩れるようにして意識を失った。玉座から落ちそうになるのをフランツがなんとか支える。

「侍医を呼べ！　急げ！　陛下が倒れられた!!」

■■■

「……んん……？」

ヨハネスが目を覚ましたのはベッドの上だった。痛む頭を押さえながら、ヨハネスは体を起こそうとする。しかし、それはすぐに遮られた。

「絶対に安静というのが侍医の判断です。大人しく寝ていてください。陛下」

「ミツバ……ワシは倒れたのか……？」

「はい。重臣会議中に」

「くそっ……老いぼれたな……何時間寝ていた？」

「五時間ほどです」

「すぐに重臣たちを集めよ……対策を練らねば……南部が危険だ……」

「会議は宰相主導で行われています。陛下はお休みに」

「ワシがおらねばまとまらぬ……通常時ならまだしも……今は帝位争いの真っ最中だ……

幾人かの大臣はすでに肩入れする勢力を選んでいる……彼らを介して、子供たちの争いが起きてしまう……」

どの勢力も自分たちに有利な流れにしようとする。討伐軍を組織するとなれば、自分たちの子飼いの人材をそこに組み込もうとするだろう。進軍ルートや討伐方法まで、すべてが帝位争いの材料になってしまう。それは議論を遅らせる。

そして遅れれば遅れるほど、レオは危地に立たされる。それもまた他の候補者の望むところだろう。

「会議をしているなら好都合……連れて行ってくれ」

「駄目です。陛下には休養が必要なのですから」

「ワシの体より南部のほうが大切だ……多くの民が危険に晒されている……レオナルトもだ……お前とてレオナルトが心配であろう……？」

「ええ、心配です。しかし、陛下のお体のほうが帝国には重要です。あなたが無事なら、一時の混乱ですが、あなたがいなくなってしまったら、混乱はいつまでも続きます。だからこそ、陛下は休むべきです」

「お前の息子が……アンデッドモンスターの大軍と対面しているのだぞ……？　このままでは援軍を送るのが遅れてしまう……レオナルトは民を見捨てん……下手をすれば……」

「ご安心を。危地を乗り越えられないなら、レオには皇帝の資格がなかったということです。それに、皇帝が少し休んだ程度でグラつく国なら、滅びてしまったほうが世のためです。一体、何のために臣下たちがいるのです？　信じてお休みください。宰相はあなたの懐刀。きっとうまくやるでしょう」

そう言うとミツバは話は終わりだとばかりに、ヨハネスに布団をかける。そして自分はヨハネスが動かないように監視をするのだった。

「ミツバ……ワシは行かねばならんのだ……」

「何を言っても駄目ですよ。ああ、そうそう。近衛騎士に期待するのは無駄です。全員下がらせましたから」

「お前という奴は……なんという女だ……皇帝を軟禁する気か……？」

「言うことを聞けない陛下が悪いのですよ。そもそもご忠告したはずです。お疲れのようですから、侍医に診てもらってはいかがです？　と。それを聞かなかった陛下の責任です。甘んじてお休みください」

「ワシは皇帝だ……休んではいかんのだ……」

「では次からは倒れないように体調管理をしてください」

「ミツバ……」

「駄目です」

取り付く島もない。他の妃ならば言いくるめることができたかもしれないが、ミツバは良くも悪くもヨハネスに遠慮がない妃だった。

何とかしなければと思っている間に、どんどん眠気が襲ってくる。体は重く、まるでベッドに括りつけられたような気分だった。

そんなヨハネスの額にそっとミツバが手を当てる。ひんやりとした手の感触に微かな安堵を覚えたヨハネスは、そのまま眠りに落ちたのだった。

7

「さぁ、公爵。ゆっくり休んでください」

俺はユルゲンたちと共に近くの休息地にいた。

元々はユルゲンが一時的な休憩地点として作った場所だが、今はなかば野戦病院だ。ボロボロの騎士たちがどんどんやってきて、俺はしばらく必要な治療を行っていた。

「すみません……殿下……」

「何を謝っているんですか？」

「殿下も弟君を助けにいきたかったはずなのに……僕が不甲斐ないせいで」

「不甲斐ない？　あなたが？」

小屋の中で鎧を外して横になっているユルゲンは悔し気に告げる。

その言葉に俺は苦笑する。

今のユルゲンが不甲斐ないなんて言う奴はいないだろう。

「今日のあなたは立派だった。不甲斐ないと笑う者がいれば姉上が斬るでしょう」

「ですが……あなたは……」

「俺はいいんですよ。俺が残ったことで姉上が前に進めるならそれで十分役目を果たしたと思っていますよ」

俺がそう言うとユルゲンは、そうですかと小さく呟（つぶや）き、ゆっくりと目を閉じる。

不眠不休で走っていたせいで眠気が襲ってきたんだろう。

「お疲れ様でした、公爵。あなたを義兄上（あにうえ）と呼ぶ日も遠くないかもしれませんね」

眠るユルゲンにそう告げると俺は腰をあげた。

幸い、あちこちに散っていたユルゲンの騎士たちがこの場に集結している。

あとは彼らに任せるとしよう。

俺はユルゲンが寝ている小屋を出ると、俺用に割り振られた小屋へ向かう。

そして人避（よ）けの結界を張って、中に寝ている姿の俺を幻術として残す。

人避けの結界は遠隔発動させると大して効果を発揮しないが、疲れている人間相手なら十分に有効だろう。そのうえで許可なく皇子の部屋に入る人間はいないだろうが、ユルゲンなら起きたときに入ってくるかもしれない。フィーネも入ってきたし、公爵家の人間には注意しなければ。

　そんなことを思いながら俺は小屋の中から帝都の隠し部屋に転移する。

　すると心得たように俺の執事が待っていた。

「お帰りなさいませ、アルノルト様」

「準備は出来てるな？」

「もちろんです」

「よろしい。行くぞ、暗躍の時間だ」

　そう言って俺はいつもの服と仮面を被って、シルバーに変身したのだった。

■■■

「状況は？」

「南部で謎の球体が発生し、そこを起点として大量のアンデッドモンスターが出現しているそうです」

「レオは？」

「冒険者ギルドの情報ではご無事だそうです。レオナルト殿下は冒険者ギルドに対して、レイドクエストを依頼し、モンスターに対応しています」

「レイドクエスト？　なるほど。リンフィアの案だな」

渡した金を有効に使ってくれたらしい。

やはりリンフィアに預けたのは正しかったな。冒険者らしく機転の利いた案だ。

「父上の対応は？」

「それが……問題が発生しました。皇帝陛下が倒れられました」

「なにぃ⁉　父上が倒れた⁉　無事なのか⁉」

「はい。命に別状はありません。精神的ショックと過労からくる体調不良とのことです」

「そうか……混乱はどの程度だ？」

「幸いというべきか、事前にクリスタ殿下がこのことを予知しておりました。なので、ミツバ様が素早く介護態勢を整え、城の混乱は最小限です」

「クリスタが見たのか……辛かっただろうな」

そうは言いつつ、俺は思わずほっと息を吐く。この状況で父上が危篤だなんてことになったら、帝国は相当まずい事態に陥る。行きつく先はきっと内乱だ。帝位争いの裁定者がいないのだから。

ただ、それとは別に、父が無事だったということへの安堵もある。とはいえ、安心してばかりもいられない。

「しかし、そうなると厄介なことになるな」

「はい。現在、宰相が会議を主導して、南部の問題への対処を進めていますが、なかなか大臣たちの歩調が合わないようです」

「そりゃあそうだろうさ。皇帝が倒れたわけだしな。病状が軽いといっても、健康状態に不安が見えたことには変わりない。帝位争いはこれで加速する。すでに協力する勢力を決めていた大臣は自分の勢力のために、そうでない大臣は今回のことを手土産にするために。それぞれ思惑を持って動く。これを調整するのは無理だ」

人は大抵保身に走る。帝国のために動けるのは立場が保証されているからだ。しかし、保証してくれた人物が倒れた。次代に向けての保身が始まってしまったというわけだ。

父上が健在である以上、それは一時の混乱に過ぎない。しかし、南部での問題は今、起きており、早急な対応が求められる。

「上層部がまとまらない以上、帝国軍はアテにならんな。近衛騎士団も父上の傍からは離れられないだろうし。各地の領主を集結させるにしても時間がかかる」

「そうなると、やはりアルノルト様が戦力として期待するのは冒険者ギルドですか」

「やはり？」

セバスの言葉が引っかかり聞き返すと、セバスは静かに頷く。

まるで俺の考えがわかっていたような言動だ。

たしかに俺は最初から帝国の戦力をあまりアテにしていなかった。

帝国は巨大ゆえに緊急事態への即応性は期待できない。そんなことは皇族である俺がよくわかっている。南部で異常事態が起きたからといって、すぐに軍が動けるわけではない。外側からの侵攻なら国境守備軍はすぐに動くが、内側での異変は想定されていない。中央が対応するのか、南部の軍が対応するべきなのか。どちらも判断に困るわけだ。皇帝の命令が瞬時に伝われば別だが、帝都と南部国境は離れすぎている。意思決定を伝えるだけでも一苦労となる。

その点、冒険者はフットワークが軽い。こういうときは軍や領主の騎士たちよりも頼りになる。

「まぁたしかに、最初から冒険者をアテにしていたが、どうしてわかった？」

「フィーネ様がきっとそうだと言って、事前に動いていました。フィーネ様は帝都や周辺の冒険者にレオナルト殿下のレイドクエストに参加するように呼び掛けています」

「フィーネが？　いや、フィーネなら不思議でもないか。しかし、そんな大々的に動いて平気か？」

フィーネは公爵令嬢であり、蒼鷗姫（ブラウ・メーヴェ）という帝国のシンボルでもある。そんなフィーネが国の上層部が対応を決めかねている問題に対して、冒険者を公然と頼るのはよろしくない。

「それはご安心ください。事前に動いていたのはフィーネ様ですが、呼びかけを提案したのは宰相ですので」

「なるほど。宰相らしいな。会議をまとめられないなら、冒険者を使ってしまおうってことか」

「はい。東部でフィーネ様をシルバーが助けたこともあり、フィーネ様が動けばシルバーも動くのではないかと推測しておられました。お気をつけを。宰相ならば細い線をたどって、シルバーの正体にたどり着きかねません」

「まぁ上手くやるさ。しかし、なら帝都支部には冒険者が集まっているんだな？」

俺の言葉にセバスは頷く。そういうことなら話が早い。

南部の状況次第だが、帝都の冒険者たちを連れていけるならデカい。

「それじゃあ行ってくるとするか」

「了解いたしました。私はフィーネ様の護衛につきます」

頼むと告げて、俺は支部の入り口付近に転移する。

いきなり現れた俺に支部の近くにいた人間たちはギョッとするが、構わず俺は支部に入ろうとする。

だが、それと同時にギルド内から帝都に向けて音声が流れた。

『帝都に住む皆さん。お騒がせしてすみません。私はフィーネ・フォン・クライネルトと申します。今、冒険者ギルドでは南部から発せられたレイドクエストに参加する冒険者の方々を求めています。どうか冒険者の皆さまにお願いします。お力をお貸しください。南部で苦しむ人たちがいます。その人たちを救うために皆さまの力が必要なのです』

フィーネの演説が帝都中に流れた。その演説を聞き、俺は笑みを浮かべる。

フィーネらしい演説だ。命令ではなく、真摯な願いは他者の心を動かす。

『こちらは冒険者ギルドです。ただいま、フィーネ様がご説明したとおり、ギルドはレイドクエストの依頼を受けています。クエスト名は〝蒼鷗(そうおう)の救援〟。B級冒険者以上なら誰でも参加可能です！　久しぶりのレイドクエストです！　稼ぎ時ですよ！　ご参加ください！』

ギルドの受付嬢だろう。こちらもらしいといえばらしい宣伝だ。

にしても蒼鷗の救援か。たしかにクエスト名はギルドが決めるが、安直だな。

だが、ノリのいい冒険者たちが相手ならこれでいいのかもしれない。

蒼鷗姫(ブラウ・メーヴェ)のために戦えるなら喜んで行くだろうしな。

「単純だな」

ギルドには慌ててやってきた冒険者たちがどんどん集まっていた。

参加者だけじゃなく、応援にだけ来た奴(やつ)もいるだろう。

そんな冒険者で一杯な支部に俺は足を踏み入れる。

俺を見た瞬間、喧噪(けんそう)に包まれていたギルドが一瞬で静まり返った。

その中で参加者の名前を記入していた受付嬢だけが言葉を発する。

「お、お名前とランクを」

「SS級冒険者、シルバーだ。レイドクエストに参加しにきた」

緊張した様子で受付嬢が俺の名前を記入した。

いくら冒険者ギルドでも南部へすぐに移動する手段はない。それでも支部に冒険者を集めたのは俺という存在がいるからだ。

冒険者たちもそれがわかっていたんだろう。

待ち人来る。そんな様子で冒険者たちが一斉に声をあげた。

「やっと来たか！　シルバー！」

「あんたがいれば千人力だぜ！」

「さっさと助けに行こうぜ！」

わいわいと叫ぶ冒険者たちの奥。

ギルドの職員がいる場所にフィーネが姿を見せた。

そしてフィーネは柔らかく微笑むと俺に向かって一礼した。

言葉はない。それでも伝わるものが俺たちにはあった。

俺は静かに頷くとギルド全体に聞こえるように告げた。

「レイドクエストの指揮はランクが一番高い者が務める。この場合は俺だが異論は？」

誰も異論など挟まない。

当然といえば当然だ。帝都支部の最高ランクはＳＳ級だが、その下はＡＡ級まで落ちる。

だが、頼りないかというとそうではない。

彼らは彼らなりに帝国を守ってきた歴戦の冒険者だ。

「異論はないな。では指揮は俺が執る。全員の命、預かるぞ」

返事はない。その代わり大歓声が支部全体に響き渡った。士気は上々。これなら戦える。

8

バッサウ上空に黒い球体が浮かび上がってから数日。

バッサウの傍でスケルトンの軍団を食い止めていたレオの下には、二千を超える騎士と冒険者が集まっていた。

「前線を入れ替えるんだ！　入れ替わった者たちはすぐに休憩に入れ！」

レオは指示を出して前線でスケルトンを食い止めていた集団を下げ、新たな集団を投入する。

とにかく時間を稼ぐため、三交代でスケルトンを食い止めていたのだ。

しかし、バッサウから出てくるスケルトンの数は増える一方であり、当初はバッサウを半包囲することに成功していたが、今では逆に半包囲を喰らっていた。

「レオナルト殿下。殿下もお休みください」

「そういうわけにはいかない。ここが正念場だからね」

リンフィアが休みも取らずに指揮を続けるレオに休むよう促すが、レオはそれを断った。

戦局を誰よりも把握しているレオは、今が危険な状況であることを誰よりも理解していた。

近隣の領主の騎士と多数の冒険者が到着した当初、数に任せてバッサウを半包囲したが、その後、湧いてくるスケルトンの数は急増し、今ではスケルトンよりも強力なアンデッド系モンスターもチラホラと見かけるようになった。

バッサウから湧いてくるモンスターはただ惰性で湧いてくるわけではなく、こちらの動きに対応して湧いてきている。

その確信がレオにはあった。そうであるならば隙を見せれば突き崩される可能性がある。可能性が少しでもある限り、レオに油断は許されなかった。

ここでレオたちが突破されれば大量に湧いてきたスケルトンが南部に散る。近隣の領主たちは主力である騎士たちを派遣しているため、食い止めることもできないだろう。

そうなれば南部は史上まれに見る大混乱に陥り、軍が鎮静に動く。そして国境の守備が甘くなる。

帝国の隙を窺う国々はその僅かな隙を見逃したりはしない。

「ですが、殿下が倒れれば戦線は崩壊します」

「まだ大丈夫さ。本当に駄目ならちゃんと言うよ」

「そうですか……では少しお時間をよろしいですか？　少しなら近衛騎士の方々に指揮を預けても平気でしょう」

「それは構わないが、何かあったのかい？」

「バッサウから逃げてきた民の中に何人か怪我をした騎士がいました。その一人が目を覚まし、殿下に話したいことがあると」

「そうか……聞こう。この異変について何かわかるかもしれない」

レオはそう言って近くの近衛騎士たちに指揮を預け、戦線の後ろに築かれたキャンプへ向かう。

そこでは休憩中の騎士や冒険者、怪我をして動けない民たちがいた。

レオはそのキャンプの端に置かれたテントの中に入る。

「これは殿下」

「そのまま治療を続けてくれ」

挨拶をしようとする初老の男をレオは手で制す。

街で医師をしていたという男は、逃げられるにも拘らず残って負傷者の手当をしている珍しい人物だった。

そんな医師の治療もあって、なんとか意識を取り戻した騎士は右手を失い、腹部にも深い傷を負っていた。

「第八皇子のレオナルトだ。僕に話したいことがあるという騎士は君か？」

「で、殿下……どうか我が主君をお救いください……」

「バッサウの領主のことかい？」

「はい……領主のデニス様は長年、脅されておりました……そのせいで、人攫い組織にバッサウは利用され……屋敷の地下には捕らえた子供たちを閉じ込める牢がありました……」

衝撃の告白だった。

しかしレオは眉を顰めるだけで何も言わない。

ここからが重要であり、遮るわけにはいかないと思ったからだ。

「デニス様は……子供たちを助けるために決起し、屋敷の地下に向かわれました……途中までは同行していたのですが……傷を負い、私は仲間に外へ連れ出されました……その後、屋敷からあの球体が……ゴホッゴホッ」

騎士はせき込み、血を吐く。

医師が血をふき取るが、騎士は苦し気に呻いて血を吐き出す。

だが、騎士の左手はレオに伸ばされる。

その手をレオはしっかりと握った。

「どうか……領主様を……もしも……領主様が手遅れならば……レベッカを……」

「レベッカ？」

「彼女が……領主様の手紙を持っています……どうかシッターハイム伯爵家の名誉を……我らは好んで協力したわけではないのです……」

「その話が真実であるならば、僕の名にかけて名誉を回復させよう。だから今は休むんだ」

「感謝します……感謝します……感謝し……ま……」

騎士の目から光が失われていき、レオが掴む左手からも力が失われた。医師が首を横に振る。最後の力を振り絞った訴えだったのだ。

それでもしばらくレオはその手を握り続けた。

「殿下……」

「屋敷の地下に領主が突入し、黒い球体が生まれた。つまりあの黒い球体は屋敷の地下と関係している」

「最も可能性が高いのは子供たちですね……」

「そうだね。魔力が高かったり、特殊な素養を持った子供が集められていたはずだ。何かがキッカケとなって、この異変を引き起こしているのかもしれない」

「そうであるならばあの黒い球体を何とかしなければ、この異変は終わりません」

「ああ」

レオは最後に強く騎士の手を握り締めると、その手を騎士の胸に置く。

そして後のことを医師に任せてテントを出た。

その視線の先にはいまだに悠然とバッサウの上空に君臨する黒い球体。

「屋敷からあの球体が出てきたとするなら、球体の中に誰かがいても不思議じゃないよね？」

「それはそうですが……まさか調べるおつもりですか？」

「もちろんだ。僕はここに攫われた人を助けるために来た。彼らは被害者だ。僕は彼らを助けたい」

「……お気持ちは嬉しく思います。あそこに妹がいるかもと思えば、私もいてもたってもいられません。ですが、今は冷静な判断が必要です。あなたは帝位を望む大切なお方です」

「帝位を望むからこそ、僕は助けなきゃいけないんだ。助けたいと思う人を助けられる皇帝になりたい。けど、その過程で誰かを見捨てれば僕はきっとそんな皇帝にはなれない。人は慣れる生き物だから、一度見捨てれば僕はきっと見捨てることに慣れる。だから僕は退かない」

そう言ってレオはリンフィアに向かって笑いかける。

そのとき、リンフィアの目にはレオがアルと重なって見えた。

出発の日。大金の入った袋を渡すアルと今の覚悟を決めているレオの姿が。

共通点らしきものは何一つない。

外見は似ている。だが、それだけだ。しかし、重なるモノがあった。

そこでようやくリンフィアは気づいた。二人の行動原理の根本が一緒だからだ。

「やはり双子なのですね……」

「うん？　似てた？　兄さんと？」

「ええ、とても。アルノルト殿下もレオナルト殿下も、〝他者〟のために動くのですね」

「そんなに立派じゃないよ。僕はね。兄さんは知らないけど、僕は僕の弱さを知っているだけさ。きっと僕は慣れてしまう人間だから。慣れないように必死なんだ」

言いながらレオは苦笑する。

割り切り、その都度、思考を切り替えられるならどんなにいいか。

不器用なのだと思う。勉強をずっとしていたのはそのせいだ。アルのように遊べば絶対に戻ってこられない気がしていたから勉強をしていた。

しかしアルは勉強しなければいけないと本人が思ったときは勉強していた。

それはある意味才能といえた。

だからレオはアルが羨ましかった。

しかし、羨ましく思うのもそろそろやめなければいけない。ないものねだりをする時間はもう終わった。

「僕は兄さんじゃない。柔軟に何かに対応するのは不可能だ。全権大使をやってるときに痛感したんだ。だから僕は真っすぐブレずに進む。そう決めたんだ、ここに来ると決めたときに。僕は僕の我を通す」

「……わかりました。それではお供します。しかし、その機会はまだ先でしょう」

「そうだね」

見れば前線が押され始めていた。

スケルトンだけでなく、新しいモンスターが増え始めたのだ。

数だけでなく質も上がり始めた。

ここで突撃をかけて、命を散らすのは無謀だ。そこまでレオは愚かではなかった。

助けることは決めた。そのチャンスを逃す気はない。しかし、チャンスもないのに動く気はない。

今は耐え時だ。

いずれきっとチャンスが来る。

その時を信じてレオは馬にまたがり指示を飛ばし、時には自ら前線に出て剣を振るった。

しかし、強い意志を持つレオはともかく。

ほかの者は違った。

「ぐっ！」

「うわぁぁぁ‼」

気持ちが途切れ、体力がなくなり始めた者たちがやられ始めたのだ。

その都度、レオはその者たちを救援したが、やがてその綻びは前線全体に広がっていく。

そしてレオに致命的な報告が入ったのはそれから少ししてからだった。

「報告！　左翼が突破されました‼」

「っ⁉　予備隊を投入！」

「間に合いません！　お逃げください！」

「逃げても無駄だ。どうせ背を討たれる」

そう言ってレオは近衛騎士が持っていた角笛を奪うと、幾度も吹く。

そして。

「レオナルト・レークス・アードラーと共に英雄となる気概がある者はいるか⁉　まだ剣を振るえる者は⁉　まだ走れる者は⁉　まだ前を向ける者は⁉　騎士でも冒険者でも、市民でも構わない！　今、この時、この場所で戦意を失っていない者は僕の下に集まれ！」

レオは剣を高く掲げる。

そしてまた角笛を吹いた。

その角笛は遠くまで響いていた。

か細く聞こえたその音を聞き、リーゼは笑う。

「全員、速度を上げろ！　戦場は近い！」

先頭に立ったリーゼは青いマントを翻し、千の騎兵連隊を率いて駆ける。

帝国南部に意志ある者たちが集結しようとしていた。

9

「アベルさん！　無事ですか⁉」

「なんとか、な‼」

アベルはリンフィアに答えながら、スケルトンを蹴り飛ばす。

弧を描く形で敵の半包囲に対抗していた戦線は崩壊した。

レオはそれに対して、撤退を選ばず自分を中心として方円陣形を敷いた。

それにより、ほぼ敵に包囲されることとなったが戦力を保ちつつ、この場に留まることには成功した。

しかし、包囲されているため休む暇がなく、さきほどからリンフィアやアベルといったこの場では上位の冒険者や近衛騎士が奮戦して何とか持ちこたえているのが実情だった。

「リンフィア、これはいつまで続くんだ？」

「そろそろ動くと思いますが……」

「お前にもわからんか」

アベルはそう言いながら周囲を見渡す。

少しずつだが味方がやられ始めた。なんとか円の内側に引き込んでいるため死亡者は出ていないがこのままでは戦える者がいなくなる。

「撤退した人たちが気を利かせて戻ってきてくれると助かるのですが」

「臆病風に吹かれた奴(やつ)らに期待するだけ無駄だろ」

レオの下に集まったのはおよそ千人。

残りの千人は戦線が崩壊したことで撤退した。

そのほとんどが騎士たちであり、冒険者の多くはレオの下に残った。自らの意思でレイドクエストに参加した冒険者と領主の命令で派遣された騎士たちの意識の違いが現れてしまったのだ。

もちろん、残った騎士たちも大勢いるが、撤退した騎士たちがここにいればまた違った状況だったと思わずにはいられなかった。

特にアベルが気に入らないのは、レオの傍にいたはずの近衛騎士が何名か見えなくなっていることだった。

「ちっ！　やっぱりこんな依頼を受けるんじゃなかったぜ！　こっちに来てから胸くそ悪い思いばかりしてる！」

「ではなぜ逃げないんです？」

「馬鹿なこと言うな。俺たちは冒険者だ。一度受けた依頼を放棄できるか！」

「これは依頼外では？」

「俺たちが受けた依頼は村を守ることだ。このモンスターをどうにかするためにも、あの皇子を守るのが一番だろ？」

アベルの言葉に傍にいたパーティーメンバーも同意する。

冒険者の中でも手練れに分類されるアベルと違って、ほかのパーティーメンバーは傷だらけだった。それでも彼らは笑みを浮かべる。

絶体絶命の状況で暗い顔をしても意味がないことを彼らは知っていた。

「リーダー！　これが終わったら皇子にもっと報奨金をよこせって言ってくださいね！」

「そうだそうだ！　割に合わん！」

「まったくだな。そうしよう」

アベルたちがそんな軽口を叩いたとき。

方円の中央にいたレオも呟いた。

「来たか」

その言葉と同時に北方から騎馬隊が迫ってきていた。

それは撤退した騎士たちの一部だった。

「方円を解除！　バッサウに突撃する！　全員続け‼」

レオは温存していた騎士たちを率いてバッサウに向かって突撃していく。

そんなレオに合流するように北方から来た騎馬隊もスケルトンの軍団に突撃し、中に侵入していく。

「おいおい⁉　なんだこれ⁉　気が変わったのか⁉　あいつら⁉」

「レオナルト殿下の仕込みですね」

「仕込み？」

「わざと近衛騎士の一部を離脱させて、彼らに撤退した騎士たちを率いさせたんです。撤退した騎士たちの中には、流れで撤退した人や状況がわかってない人もいたでしょうからね」

「あの慌ただしい中でそんなことしてたのか……」

「あの状況、まず初めに思い浮かぶのは撤退のはずです。だけど、レオナルト殿下は撤退を初めから排除していた。だから冷静に次の手を打てたんでしょう」

「逃げてくれればこっちは楽だったのになぁ」

「そうですね。さすがは帝位を狙う人です」

リンフィアはそうレオを評すと先を行くレオを追っていく。

先頭を行くレオが切り開き、続く騎士たちが広げた道を今度は冒険者たちが進んでいく。

目指す先は黒い球体が浮かぶバッサウだった。

■■■

「殿下！　お下がりください！　もう十分です！」

「どこも十分じゃない！」

先頭を行くレオに下がるように近衛騎士が進言するが、レオは頑なに先頭を譲らなかった。

獅子奮迅の働きでスケルトンを斬り飛ばし、道を切り開いていく。

士気は十分に上がった。あとは近衛騎士たちが代わりを務めればいいだけ。

別動隊も近くまで来ており、合流できればより推進力は増す。

レオが頑張る理由はどこにもないように思えた。

「ならばせめて二列目、三列目に！」

「馬鹿なことを言うのはよせ！　寄せ集めの騎士と冒険者、彼らを危地に追い込んだのは僕だ！　それでも彼らはついてきてくれる！　それは僕が先頭を走っているからだ！　安全地帯で声を張り上げる者に誰がついてくる⁉」

　レオに一喝された近衛騎士は言葉を失う。

　これまで抱いてきたレオの印象とは全く違う姿をレオが見せたからだ。

　武芸に秀でていても、レオは猛々（たけだけ）しさとは無縁だった。育ちのよい優しい皇子。そんな印象を誰もが抱いていた。

　だが、今、先頭を走る姿はまさしく一軍の将そのものだった。

「殿下……」

「黙ってついてくるんだ！　必ずここを突破する！」

　そう言ってレオはさらに馬の脚を速める。

　すると別動隊が合流し、レオたちの勢いはさらに増す。

　遠目に見える程度だったバッサウがしっかりと見えるところまで来た。

「バッサウは近い！　皆、力を振り絞れ！」

　そうレオが号令をかけたとき、何者かがレオに向かって剣を振るう。

　何とかレオはその剣を受け止めるが、馬の脚は止まってしまう。

　そしてレオが止まるということは、全体が止まるということだった。

ここはモンスターの海の真っただ中。

止まることは死を意味していた。

なんとか先を急ごうとするレオだが、レオの前に立ちはだかった男はレオを先には進ませない。

「何者だ⁉」

「ふっ……何者だろうな？」

そう言ったのは黒い服に身を包んだ男だった。

その男は屋敷の地下でデニスを殺した教官だったが、その目は真っ黒に染まっていた。

本来、黒くないはずの部分まですべて黒。

明らかにおかしい男だったが、それ以上にレオはその男の実力に手を焼いた。

強いなんて言葉で片付けていいレベルではなかった。

苦戦するレオを見かねて、周りにいた近衛騎士たちも加勢するが、それでも押し切れない。

「くっ⁉　なんだこいつ⁉」

「なぜこんな強者がここに⁉」

レオはもちろん、帝国の精鋭である近衛騎士たちも並みの使い手ではない。

彼らが数人がかりでも傷一つつけられない男。

世に名を轟かせていてもおかしくないほどの腕前だった。

「何者だ？」

レオは再度問いかける。

なぜなら周囲のスケルトンが男に攻撃する素振りすら見せなかったからだ。

「名を訊ねるならばまずは自分から名乗ったらどうだ？」

「……レオナルト・レークス・アードラー。帝国の第八皇子だ」

「なるほど、皇族か。ならば私も名乗ろう。私の名はバラム。貴様ら人間の呼び方を借りるならば悪魔だ」

「悪魔⁉」

それは衝撃的な発言だった。

悪魔はここことは異なる世界、魔界の住人と考えられており、多くの場合は人間より遥かに強い力を持つ存在だ。

幾度か魔導師が召喚しては大陸に災厄をもたらしてきたと伝えられており、かつて勇者が討伐した魔王も悪魔だったと言われている。

その悪魔がこの地に現れた。

なぜ？

「まさか……このモンスターたちは魔界から来たのか……？」

「御名答。これは尖兵だ。この街の中心で魔界とこの地を繋ぐ召喚門が開かれた。いずれ大量の悪魔がこの地にやってくるだろう。貴様らに明日はない」

「ならば閉じるまでだ！」

そう言ってレオはバラムに斬りかかるが、バラムはレオの剣を軽々と受け止める。

「諦めろ。封じる手などない」

「残念ながら諦めないと決めたばかりなんだ！」

「ふっ、愚かだな。もはや手遅れだ」

「――そうとも限らん」

澄んだ声が響く。

それと同時にバラムの左手が宙に舞った。

バラムは咄嗟に距離を取り、自らの左手を斬り飛ばした相手を見た。

「女……何者だ？」

「帝国軍元帥、リーゼロッテ・レークス・アードラー。レオの姉だ」

「姉上……⁉」

レオは目を見開いて久しぶりに見たリーゼを凝視する。

覇気に包まれ、青いマントを翻す。

それはまさしくレオの記憶にあるリーゼだった。

10

少し時は遡る。レオが放った別動隊がスケルトンの軍団に突入し、レオたちもバッサウに向けて突撃を開始した頃。

ようやくリーゼたちはバッサウを遠目に捉えたところだった。

「見渡す限りモンスターですな」

「しかし、その中を進む者たちもいる」

遠目ゆえにわからない。それでもリーゼには確信があった。あそこにレオがいると。

馬を走らせながらリーゼは目を瞑る。

かつて歯を食いしばって自分を止めた弟。自らが信じることに真っすぐな弟は、今も歯を食いしばり、正しいことを成そうとしているのだろう。

ならば姉としてできることはひとつ。

「我々も突入するぞ！」

「はっ！」

リーゼが加速すると千騎が追随する。

彼らは冒険者でも騎士でもない。リーゼの下で長く戦い続けてきた精鋭の騎兵連隊だ。

今更士気をあげる口上など不要。

誰もがリーゼに命を捧げ、死んでこいと言われれば死んでくる軍人だ。

「連隊長！　あれを使うぞ！」

「了解しました！」

指示を受けた連隊長は右手をサッと上げる。

それを合図として後方にいた百名が前に出てくる。彼らの手にはクロスボウが握られていた。

クロスボウの下部には円形の筒が取り付けられており、その中央には小さな宝玉が埋め込まれていた。しかし、それはただのクロスボウではなかった。

「〝試製回転式魔導連弩〟の準備が整いました！」

「よろしい。私の前の障害物どもを駆逐せよ」

「了解いたしました！　狙いは正面のモンスター！　よく狙う必要はない！　敵だらけだ！　撃てば当たるぞ！　構え！　放てぇぇ!!」

連隊長の号令を受けて百名の兵士が連弩の引き金を引く。

すると宝玉に込められている魔力によって、引き金を引き続けている間、絶えず矢が放たれだした。

下部に取り付けられた円形の筒は回転しながら矢を補給し、連射を助けている。

通常では考えられない連射速度で放たれた矢は次々とスケルトンに命中し、その体を粉砕していく。

その攻撃で生まれた隙間を狙って、リーゼは突撃していく。

「よい兵器ですが、撃ち切ったあとが問題ですな」

「それは開発者の仕事だ。私たちにできるのは注文をつけることだけだ」

宝玉の魔力を使い切った試製回転式魔導連弩は人の手では撃てない連弩となり、鈍器としてしか使えなくなる。

新兵の練兵と共にこの武器の評価訓練をリーゼは後方で行っていたのだ。

しかし、思いもかけないところで実戦テストができた。

「今回のことを報告して、筒を付け替えられるように要請しましょう。さすがに使い切りの武器では用途が限られます」

「そうだな。それと対モンスター戦用の兵器も注文するとしよう」

「名案ですな」

そんな相談をしながらリーゼと連隊長はそれぞれ武器を握って道を切り開く。

連弩は対人間を想定した武器のため、スケルトンへの効果はいま一つだった。貫通したところで核を破壊されるまでは痛みも感じずに動き続けるスケルトンとは相性が悪いのだ。

「ふっ……こういうのは久しぶりだ」

少数の味方を率いて、敵に突撃する。かつては幾度も行った行為だが、今はほとんどしなくなった。するような相手もおらず、していい立場でもないからだ。

しかし、リーゼはその状況に充足感を覚えていた。敵意を間近で感じながら、それでもと前に進む。一瞬の気の緩みも許されず、か細い勝利の道を辿る。

そうだ、とリーゼは告げる。

「これが戦場だ……！」

そう言ってリーゼは鮮烈な印象を与える笑みを浮かべながら、敵の大軍を切り裂いていく。長くリーゼに仕えてきた連隊長には、かつて各地の戦場を荒らしまわり、列国から姫将軍と恐れられた頃のリーゼに今のリーゼが重なって見えた。

皇太子が亡くなり、活力が失せ、ただ国境守備にだけ注力するリーゼではない。

戦場でこそ輝くかつてのリーゼだ。

「どうした！　連隊長！　遅れているぞ？」

「はっ！　ただいま！」

連隊長はリーゼに声をかけられ、すぐにリーゼの後を追う。

そしてリーゼたちはレオたちの姿を捉えたのだった。

■■■

「姉上……!?」

驚いた様子を見せるレオを見て、リーゼは小さく笑う。

アルを見て大人になったと思った。しかし、今のレオはそれ以上だった。

一軍の先頭を率いて戦う姿はまさしく将軍であり、この人のためにと後ろの者に思わせるカリスマ性を放っていた。

その姿は、リーゼが将として支えると誓った若き頃の皇太子に似ていた。

「あながち大言壮語でもないのだな……」

俺たちは二人でなら長兄だって超えられる。

アルはたしかにそう言った。今のレオを見れば、それが虚勢ではないことが窺える。

真っすぐなレオを柔軟なアルが補佐すれば、あるいはと思わせるだけの雰囲気があった。

だからだろう。リーゼは敵を前にしながら嬉し気に呟いた。

「背が伸びたか?」

「え、あ……はい、少しは」

「そうか。良いことだ。もっと大きくなれ」

それまでは私が守ってやろう。

そう言ってリーゼは左手を斬り飛ばされたバラムを見据える。

レオとリーゼが喋っている間、バラムは幾度か攻撃をしようとした。しかし、その都度、リーゼの右腕が反応するため、結局攻撃することは叶わなかったのだ。

「悪魔というわりにはやけに人間的なのだな」

リーゼは再生しない左手と傷口から流れる赤い血を見る。それなりにランクの高いモンスターなら再生してもおかしくない程度の傷だが、目の前の悪魔は再生しない。

リーゼはそこから一つの答えを導き出す。

「人間を依り代にしているのか？」

「察しがいいな……？　しかし、わかったところでどうなる？」

「まだまだ手遅れではないということだ」

「どうかな？　貴様らに増援が来たならばこちらも遊びはお終いだ」

そう言ってバラムは残った右手を高く掲げる。するとその手の先が黒く光る。

その光に釣られるようにしてバッサウの街から、三メートルはあろうかという巨大なスケルトンや、腐敗した体を持つドラゴンゾンビなどの高ランクのアンデッド系モンスターが出現してきた。

「さっさと逃げることだな」

そう言ってバラムは透明になってその場から消え失せた。

残されたリーゼとレオは決断を迫られていた。

「さすがに戦力差が大きすぎるな」

「しかし、ここで退けば次にここまでバッサウに近づける機会がいつになるかわかりません」

「……答えは決まっているという顔だな？」

「元々、退くつもりなんてありませんよ。悪魔が依り代を必要とするなら今、ここで叩く必要があります。ここで放置すれば人間社会に紛れ込まれます」

「倒せる保証は？」

「ありません。しかし、それは退いても同じことです。いくら大軍を率いてきても相手は今のように幾度もモンスターを出現させる。今はピンチでもあり、チャンスでもあります」

そうはっきりと告げたレオを見て、リーゼは再度笑う。

そしてこちらに真っすぐ向かってきたジャイアント・スケルトンを真っ二つにする。

「では行くか。遅れるなよ？」

「もちろんです」

「突撃する！　目標はバッサウ！」

「続け!!」

こうしてレオとリーゼは一緒になってバッサウに突撃を開始したのだった。

■■■

レオたちが突撃を開始してしばらく。

リンフィアとアベルたちは先頭集団に合流しつつあった。

しかし、バッサウに近づけば近づくほど、敵の抵抗は強く激しくなっていく。

「くっ⁉」

アベルやリンフィアでも苦戦するモンスターが増え始め、進軍速度は明らかに衰え始めていた。

このままでは。そうリンフィアの心に焦りが生まれ始めたとき。

ドラゴンゾンビが放った火球がリンフィアの傍に着弾する。

衝撃でリンフィアは吹き飛ばされ、先頭集団から弾き出されてしまった。

「ぐっ……」

リンフィアは痛みをこらえ、剣を杖にしながら立ち上がる。

見ればスケルトン軍団のど真ん中に吹き飛ばされていた。スケルトンたちは少しずつリンフィアの傍に近づいてくる。なんとか動こうとするが、体が思ったように動かない。

　そんな中、服のポケットから一本の笛が零れ落ちた。

　いつぞやのドワーフの老人がくれた、霊樹から作られた笛だ。

　誰かに頼るのは悪いことではない。老人の言葉が蘇る。このような死地で吹き、味方を呼び寄せるなどできないという思いもあった。

　だが、それ以上に妹を見つけるまでは死ねないという思いが勝った。

「お借りします……！」

　リンフィアは笛を摑んで吹く。

　しかし音は出ない。何度吹いても音は出ない。

　あの老人が不良品を渡したのだろうか。

　ありえるとリンフィアは思い、ため息を吐いてそっと笛をポケットにしまう。

　だが、その笛の音はたしかに届いていた。遠く遠く帝国の中心。帝都まで。

　冷静に気持ちを切り替え、リンフィアがなんとか魔剣を構えて迫るスケルトンたちを迎え撃とうとしたその時。

　リンフィアの傍にいたスケルトンたちが一瞬で吹き飛ばされた。

「っ⁉　なにが……？」

　またドラゴンゾンビの火球かとリンフィアは身構えるが、その緊張は後ろから聞こえてきた声で解かれる。

「無事か？　いつぞやの女冒険者」

「……どうしてあなたが……？」

「レイドクエストと聞いてな。ほかの奴らも連れてきた」

その瞬間。リンフィアの後ろで開かれた巨大な転移門から帝都支部の冒険者たちが声をあげながらスケルトンの軍団に突っ込んだ。

数百の冒険者が現れ、周辺にいたスケルトンを討伐していく。

そんな冒険者たちの中心。最大の救援者が告げた。

「立てるならついてこい。稼ぎ時だ」

「はい……！　シルバー……！」

そう言ってリンフィアは仮面の冒険者の後を追ったのだった。

11

帝都支部に冒険者が集結し、そろそろ転移門を開こうとした頃。

突然、支部に城からの使いがやってきた。

「これはこれは。第二皇子殿下がどのような御用かな？」

「城では現在、南部の異変に対して協議がなされている。お前の転移は貴重だ。少し飛ぶのを待って、こちらの派遣部隊を同行させてほしい」

意外なことにエリクは頭を下げてきた。

俺じゃあるまいし、普通の皇族は頭を下げない。そういう地位にいるからだ。

「これまで時間はあったはずだ。それで決まらないのに、今後決まるという保証は？」

「すでに近場の軍を帝都に呼び寄せた。陛下と城の守りを任せ、近衛騎士を派遣するという形でまとまりつつある」

「ほう？　そこから手柄争いが始まるのだろう？　なにせ今は帝位争いの真っ最中だ。誰もが手柄が欲しい。もちろんあなたも、な。決まらないとわかっている決定を待つほど我々は暇ではない」

そうは言いつつ、なかなかどうして現実的な策だな。父上と城の守りが不安だから近衛騎士を派遣できない。

わざわざ呼んだ以上は精鋭部隊だろうが、近衛騎士の代わりに軍を呼ぼうということか。一時的に城の守りを託すには十分だ。

「私から大臣たちへ近衛騎士を率いる者としてゴードンを推薦しておいた。正式決定までそこまで時間はかからないだろう」

「不思議だな。他国の問題のときはあれほど手柄を欲しがったというのに、自国の問題となった瞬間、ライバルである弟に手柄を譲るのか？」

「私は皇族であり、帝国の外務大臣だ。他国の問題ならいざ知らず、自国の問題となれば勢力争いなど二の次だ。私が一番に考えるのは帝国のことだからだ」

そう言ってエリクは真っすぐに俺を見つめる。

悪い提案じゃない。近衛騎士が来てくれるなら心強い。

待つのも手だろう。俺も勢力争いを二の次とするならば。

ここで強行しても、帝国上層部の冒険者への心証が悪くなるだけな気もする。

そう俺の心が揺れたとき、遠くから澄んだ音が聞こえてきた。

それはどこから聞こえてくるのかわからない。ただ、その音を発するのがリンフィアであり、危地にあるということは不思議とわかった。リンフィアが助けを求めている。根拠はないが、確信があった。その澄んだ音がそう伝えてきた。

「しかし……その間に犠牲となる者もいる。国が万全の態勢を整える間、時間を稼いでいる者たちがいる。そんな者たちをどうするつもりだ？」

「できるかぎりのことはする」

「なら提案は受けられんな。冒険者は騎士や軍人とは違う。上にいる者たちが見つけられない被害者や、見捨てざるをえない者を助けるためにいる。立ち去れ。俺たちは冒険者だ。誰の指図も受けない。好きにやらせてもらう」

「国の命運が懸かっているのだぞ？　確実を期すべきだと思うが？」

「俺たちは国がどうなろうと知ったことじゃない。俺たちが守るのはいつだって民の命だ。帰って皇帝と大臣たちに伝えろ。この問題、シルバーが預かったとな」

「そんな勝手が許されると思っているのか？」

「それが許されるのがＳＳ級冒険者だ。それにあまり舐めないでもらおう。帝国の冒険者は皇族が思っている何倍も強い」

そう言って俺が踵を返すと冒険者ギルドに巨大な転移門が出現する。

俺はそこに足を踏み入れながら告げる。

「さぁ、稼ぎに行くぞ。ついてこい」

その言葉と共に俺は転移した。

転移した瞬間。辺り一面がモンスターで埋め尽くされていた。

しかし、その中にあって立ち上がる少女が見えた。

どう見ても絶体絶命のピンチなのに慌てず、騒がず。

どうすればいいかを考えているんだろう。いつものように。そんなリンフィアの姿に苦笑しつつ、俺はリンフィアの周囲にいるモンスターを吹き飛ばす。

これで突入してきた冒険者も少しは楽だろう。

「無事か？　いつぞやの女冒険者」

傍によると、リンフィアは驚いたように目を見開く。

「……どうしてあなたが……？」

「レイドクエストと聞いてな。ほかの奴らも連れてきた」

俺の言葉の後。後ろで開かれた巨大な転移門から、馬鹿騒ぎしながら帝都支部の冒険者たちが突入してきた。

元気なことだ。見たところ、敵モンスターの主力はスケルトン。

それならここは彼らに任せても平気だろう。

「立てるならついてこい。稼ぎ時だ」

「はい……！　シルバー……！」

そう言ってリンフィアは立ち上がる。

治癒魔法をかけてリンフィアを回復させると、俺はリンフィアと共に先を見据える。

目指すはモンスターをかき分けるように進むレオと姉上のところだ。

■■■

「シルバー！　ドラゴンゾンビです！」

リンフィアの報告を受けて、俺は空を見る。

腐敗した体を持つ十メートル超えのドラゴンが猛スピードでこちらに突っ込んできた。

まったく。文献でしか語られてないモンスターだぞ。

「さすがに簡単には行かせてくれないか」

俺は空に上がって、ドラゴンゾンビの迎撃に当たる。

その間にリンフィアは帝都支部の冒険者たちと共にスケルトンを蹴散らし、レオたちのところへ迫る。まだまだ数では劣っているが、勢いはこちらにある。

何体か出てきている高ランクモンスターさえ抑えれば街まで行くことはできるだろう。

「問題はあの黒い球体か」

嚙(か)みついてくるドラゴンゾンビをいなしながら、俺は街の上空に出現している黒い球体を見る。あの黒い球体からはとんでもない魔力が発せられている。だが、それが攻撃に使われている様子はない。

「なにに使われているのかって話だが」

「グギャァァァァァ!!」

「うるさいぞ」

喚(わめ)きながら突っ込んできたドラゴンゾンビを結界で包み、そのまま地面に落とす。

スケルトンの大群の中に落としたから、スケルトンたちが衝撃で吹き飛ばされていくが知ったことじゃない。

そのまま地面に落ちたドラゴンゾンビに向かって俺は右手を突き出す。

《貫け——ブラッディ・ランス》

詠唱を短縮して即座に魔法を発動させる。

巨大な血の槍(やり)が魔法陣から浮かび出て、結界に閉じ込められたドラゴンゾンビへと加速していく。当たる瞬間。結界を解くと血の槍がドラゴンゾンビを貫く。

「グギャァァァァ……!!」

高温を発する血の槍によって、腐敗した体はどんどん溶かされていく。

その余波で周りのスケルトンも溶けていく。だが、全体で見ればごく少数。

これだけの数のスケルトンを始末しようと思ったら、しっかり詠唱して大技を放つしかないな。そう思ったとき、膨大な魔力が膨れ上がったのを感じて俺はそちらを見る。

黒い球体の傍(そば)。

そこに一人の男が浮かんでいた。ただし、その男は自らの首を横に抱えていた。

「デュラハン……?」

AAA級に相当するアンデッド系モンスターだが、あの男から発せられる魔力はそんなもんじゃない。

あれは首なし人間ではあるが、特徴として似ているだけでデュラハンとは別物だ。

その確信を抱き、俺はそいつが動く前に攻撃を仕掛けようとしたが、そいつは一気にレオたちのところへ移動してしまう。

「ちっ！」

舌打ちをしながら俺はレオと姉上の傍に転移して、そいつが振り上げた剣の一撃から二人を守る。

「ぐっ!!」

何重にも張った結界がかなり壊された。

溜めのない攻撃でこの威力。間違いなくデュラハンじゃない。

「手助けなど頼んだ覚えはないぞ？　仮面の冒険者」

「いきなり大将首を取られるわけにはいかないのでな。我慢してもらおう。元帥殿」

ジッと俺の方を見つめる姉上に俺は仮面の中で冷や汗を掻く。大丈夫なはずだ。

この仮面は爺さんの秘蔵品。声や匂いはもちろん、相手に与える印象まで変える優れものだ。たとえ親しい家族でも俺だと気づくわけがない。

姉上は不服そうな言葉を口にしつつも、目の前の男がまずい相手だとは察しているらしく、すっと俺から距離を取って別のモンスターを相手にし始めた。

どうやらさすがの姉上も気づかなかったようだ。

一方、レオはまだ俺の傍に留まっている。

「シルバーか……久々だね」

「元気そうだな。レオナルト皇子」

「ああ、会えて嬉しいよ。戦場でなければゆっくり話をしたいところなんだけどね」

「残念ながらそれはまた今度にしよう」

レオは頷いてそっと傍を離れた。俺はそれを確認すると目の前の男を見据える。ただ立っているだけだが、こいつからは人外の気配が漂ってくる。首のあるなしじゃない。根本的なところからこいつは人間じゃない。

真っ黒に染まった目を俺に向けた男はフッと笑う。

「私の攻撃を受け止める者がいるとはな。驚いたぞ」

「俺もこんな攻撃を放つ奴がいるとは驚いた」

「生意気な人間だな。だがいい。久々の地上だ。これくらい楽しみがなくてはな」

「久々の地上？」

「そういえば名乗っていなかったな。私の名はフルカス。今はこの体を借りているが、私は悪魔だ」

そう言ってフルカスは笑う。その笑みは人間から見れば残虐極まりない笑みだったが、本人は普通に笑っているつもりらしい。

悪魔と聞けば、思い出すのは一つ。俺の曾爺さんの体を奪ったのも悪魔だった。

あのときは討伐するのに近衛騎士団と勇爵家が総動員だったそうだ。

「魔界の住人である悪魔が地上に出てくるとはな。依り代があるあたり、召喚者がいるはずだが？」

悪魔はこの世界じゃ原則、存在できない。例外は依り代を用意して、それに悪魔が取り憑くことだ。

かつてはそうやって悪魔を支配下に置いた魔導師もいたらしいが、今では悪魔の召喚なんてやる奴はいない。

悪魔を縛るのは非常に面倒だし、維持するのに大量の魔力がいるからだ。

下手を打てば殺されるし、思い通りに操ることもできない。現代では廃れた魔法の一つといえるのが悪魔召喚だ。まさかそんなことをする奴がいるとはな。

「私に召喚者はいない」

「嘘をつけ」

俺はチラリと黒い球体を見る。おそらく召喚者はあそこの中にいる。

「察しがいいな。だが、彼女は私に命令できる状態ではない。つまりいないも同然だ」

「だが、いないと困るだろ？　存在を安定させているのは間違いなく召喚者だからな」

「だとしたら？」

「あの黒い球体から召喚者を救い出すだけだ。この馬鹿みたいな数のモンスターたちも、お前を召喚した副産物だろ？」

「見事だ。ほぼ完ぺきな答えだ。たしかに街の中心には魔界とこの世界を繋ぐ穴ができており、私はそれによって召喚された。そしてその穴はどんどん広がり、魔界からモンスターが湧いてきている。すべて貴様の言う通りだ。一つを除いてな」

「なに？」

「召喚されたのは〝私たち〟だ」

瞬間、いきなり強力な魔力の持ち主がこの場に出現した。

振り向くとレオの傍に黒い服に身を包んだ男がいた。

あいつも悪魔か！　何て奴だ！　俺が張っていた探知結界をすり抜けやがった！

咄嗟に防御用の結界を張ろうとするが、その前にその男が振り下ろした剣は追い付いたリンフィアによって受け止められた。

「リンフィア⁉」

「ご無事ですか、レオナルト殿下」

「ちっ！」

男は決定機を防がれたことに苛立ちを見せながら、その姿を消す。攻撃速度はそこまで桁外れではなかった。おそらく完全に隠密型。しかし、この敵味方入り乱れる戦場では厄介すぎる。リンフィアのカバーに行こうとするが、フルカスが俺の行く手を阻む。

「邪魔をするなっ！」

「人間の邪魔をするのが悪魔なのだよ」

そんなことを言ってる間に、リンフィアの後ろから黒い服の男が現れ、リンフィアに剣を振り下ろした。

まずい。そう思ったとき、脳内に声が響いた。

『だめっ！』

強い魔力が乗せられたその声はフルカスと黒い服の男の行動を一瞬で止めた。

これは……？

「ちっ……私は退くぞ。バラム」

「了解した。この女は駄目なようだな」

そう言ってフルカスは一旦、街まで退き、バラムと呼ばれた黒い服の男も姿を消す。

まさか、今のは召喚者の声か？　どう考えても子供の声だったが。

「シンファ……？」

「なに？」

「今の声は……シンファ!?」

リンフィアが珍しく取り乱したように街のほうを見る。フルカスは黒い球体の傍まで戻っている。さきほどの声の主が召喚者であるとするなら。

「声に心当たりがあるのか？」

「あの声はシンファ……攫われた私の妹の声です！」

「……なるほど。色々と読めてきた」

何らかのアクシデントで力が暴走したんだろうな。

攫われたということは虹彩異色。先天魔法を持ち合わせていても不思議じゃない。

召喚系の先天魔法を持っており、それが暴走したなら説明がつく。

あまりにも規模がデカすぎるが。

「君の妹はおそらくあの黒い球体の中だ。先ほどの様子を見る限り、君への攻撃を許さなかったようだ。そこらへんの分別がつくならどうにかなるかもしれない」

「助けられるんですか……？」

「君次第だ。とにかく、彼女を街まで送り届ける必要がある。転移は……さすがに危険だろうな。待ち伏せでやられかねん。地道に護送するしかない」

「そういうことなら僕らが道を開こう。元々、あの黒い球体をどうにかするのが目的だったからね」

そう言ってレオが側近に目配せする。

すると、一人の騎士が馬を降りてリンフィアに差し出した。

リンフィアはそれを受け取ると、馬にまたがる。そして。

「あそこにシンファがいるなら……私は行かなければいけません。私は姉だから」

「中々好感の持てる理由だ。途中までは私が先導してやろう。ついてこい」

姉という言葉に反応したのか、リーゼ姉上が笑みを浮かべてさっさと突撃していく。

それにレオが続き、多くの騎士や兵士が続く。ただ街にたどり着くという大雑把な目的から、この場の全員がリンフィアを送り届けるという明確なものへと切り替えた。

「シルバー……私の名はリンフィアといいます。辺境の村の出身で、ただの冒険者です。シンファは私の妹で、流民の村の子です。それでも……全力で助けてくださいますか？」

「無論だ。あまり無粋な質問をするな。〝民のために〟。それが冒険者唯一の鉄則だ」

そう言うとリンフィアは小さく笑って馬を走らせる。

さて、俺は周りの雑魚どもを追っ払うとするか。

12

「雑魚に構うな！」

先頭を行くリーゼが声をかける。その言葉通り、リーゼたちは敵を倒すことよりも先に進むことを優先していた。彼らの狙いはただ一つ。

リンフィアを黒い球体の場所まで連れていくことだったからだ。

そんなリンフィアの傍にいたアベルは空を見ながら呟く。

「ＳＳ級冒険者がサポートに入ってくれると、やることが少なくて助かるぜ」

「そうですね。彼が来てくれたのは幸運でした」

シルバーはドラゴンゾンビやジャイアント・スケルトンといった強力な敵の相手を務めつつ、リーゼたちの周りにいるスケルトンも可能な限り削ってくれている。

考えうる限り最高の援軍だった。しかし、なぜ笛を吹いたことでシルバーが来たのか。

疑問がよぎるが、すぐに振り払う。それを考えるのは今ではない。

リンフィアは槍の形状にした魔剣を振って、スケルトンを蹴散らす。

「前に出ます」

「お、おい⁉　お前を守るためにみんないるんだぞ⁉」

「どうせ何もせずに街にはたどり着けません」

「ふっ……気に入ったぞ、冒険者。名前を聞いておこう」

「リンフィアといいます」

「私はリーゼロッテだ。知っているか？」

「存じています。皇族最強の元帥にしてレオナルト殿下とアルノルト殿下の姉上である、第一皇女殿下ですね」

「アルも知っているのか？」

レオの姉と呼ばれることは慣れていたが、アルの姉と呼ばれることは少なかった。

それだけアルが話題に上らない皇子であるということだ。逆の意味では話題に事欠かない皇子ではあるが。

しかし、そんなアルの話題に対してリンフィアは好意的な笑みを浮かべた。

「はい。一番最初に私に手を差し伸べてくださったのはアルノルト殿下でした」

「アルが？　意外だな」

「私も意外でした。ですが、あの方は世間で言われているような方ではなかった。レオナルト殿下もアルノルト殿下も他者のために動ける方です。こんな私にも力を貸してくださっています」

「レオはともかく、アルは買いかぶりだな。そうは思わないか？　レオ」

あろうことかリーゼは迫るジャイアント・スケルトンに対処していたレオに話を振った。

さすがにレオも大して話を聞いていなかったのか、大きな声で問い返す。

「え？　なんですか⁉」

「姉の話くらい聞いておけ」

「大事な話をするなら時と場所を選んでください！　僕はあのモンスターを止めてからいきます！　先に行っていてください！　ちゃんとリンフィアを頼みますよ！」

「ああ、任せておけ。お前も気をつけろ」

「ええ、姉上も」

そんなやりとりをしたあと、レオは一団から少し離れて騎士たちと共にジャイアント・

スケルトンに対処しに行く。

空ではシルバーが複数のドラゴンゾンビの相手をしている。いよいよ街が近いのだ。

「よいのですか？　レオナルト殿下を行かせて」

「私の弟だ。心配はいらん。それで何の話だったか？」

「アルノルト殿下を私が買いかぶっているというお話です」

「そうだったな。レオは善意だけでお前を助けることもあるだろう。だが、アルは違う。本当に何もない人間は助けない」

「そうでしょうか？」

「そうだ。あれが人を助けるときは助ける価値があるときだ。多くの者から見れば気まぐれに見えるかもしれないが、アルにはちゃんと基準がある。助けるだけの能力を持っているか、助けるだけの大義を持っているか、助けるだけの信念を持っているか。アルはそういうところを見る。だから胸を張れ。アルが助けたならば、お前はアルに認められたということだ」

そう言ってリーゼは前方にいるスケルトンたちを斬り飛ばしていく。

そのままその空間に馬を割り込ませ、さらにスケルトンを斬り伏せる。

「アルがお前の手を引き上げ、レオがお前と共に歩んだ。ここからは私がお前の道を切り開こう。だが、私はともかく私の弟たちの助力を無駄にすることは許さん。必ず妹を助け出せ。絶対に諦めるな」

「はい！」

リーゼの言葉に答え、リンフィアは進む。

その後ほどなくして、リンフィアたちはバッサウの街に入ることに成功したのだった。

■■■

「今だ！　足を攻撃しろ！」

レオは騎士たちを率いて、ジャイアント・スケルトンの相手をしていた。

巨大なジャイアント・スケルトンの足を騎士たちが一斉に攻撃し、ジャイアント・スケルトンはたまらず転倒する。その隙を逃さず、騎士たちは止めを刺す。

「もう一体来ます！」

「突撃態勢！　姉上たちに近づけさせるな！」

レオはその場にいた騎士をまとめあげ、ジャイアント・スケルトンを討伐しにかかる。

だが、突如レオの後ろで何かの気配がした。

咄嗟にレオは馬から飛び降りて、その気配から逃れる。

「ぐっ……」

地面に転がりながら落ちると横腹が異様に熱かった。

そっと手を当てるとべっとりと血がついた。

「勘のいい皇子だ」

「バラムか……」

不可視になる能力を持つ悪魔、バラムがそこにはいた。

持っている剣には赤い血がついている。レオの血だ。咄嗟に逃げていなければ死んでいたかもしれない。そんなことを思いながらレオは立ち上がる。

傷は出血こそひどいが、浅い。戦うには問題のない傷だ。

「殿下！　今まいります！」

「半数はジャイアント・スケルトンを止めにいくんだ！　残りの半数は周囲の敵を頼む
……バラムの相手は僕がする」

「しかし、お怪我を！」

「バラムの狙いは僕だ。不可視になれるバラムが狙ってくるなら、相手をするしかない」

そう言ってレオは剣を構えた。

逃げたなら背後から奇襲しようと思っていたバラムは舌打ちをする。

悪魔といえど戦闘に向いているタイプとそうでないタイプがいる。バラムはさほど戦闘が得意なタイプではないうえに、人間への憑依も不完全だった。

　フルカスは憑依したのが死んだばかりの人間だったが、バラムはまだ生きている人間だった。そのため、悪魔としての力を存分に発揮できる状態ではないのだ。

　そんなバラムにとっては逃げてくれたほうが好都合だったのだが、レオはそれを見透かしたように戦うことを挑んできた。

「小賢しい皇子だ」

「お褒めの言葉と受け取っておこう」

　じりじりと二人の間で緊張が高まる。そんな中、空からシルバーが降りてきた。

「助太刀しよう」

　バラムは強力な援軍が来たことに顔をしかめる。フルカスの攻撃を受け止められる者が相手では、バラムに勝ち目はない。しかし、この仮面の男がここにいるということはフルカスに対抗できる者もいないということだ。

　敵の士気をくじくために皇子を狙ったが、それ以上の効果があったとバラムはほくそ笑む。だが。

「不要だ。リンフィアを追ってくれ」

「不要には見えないが？」

「彼女には君が必要だ。行ってくれ」

　レオは前に出て、シルバーにそう告げる。しかし、シルバーは引き下がらない。

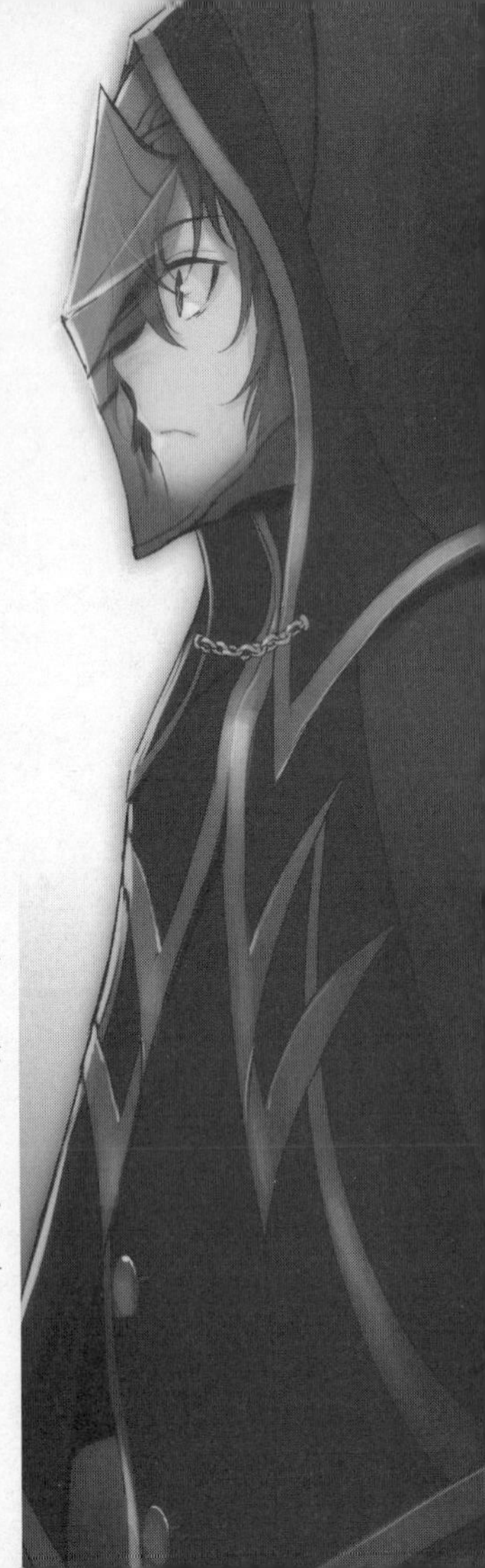

「はいそうですかと言うわけにはいかない。君に死なれると俺も困るのでな」

シルバーはレオの横腹の傷を治癒魔法で治す。

だが、レオは礼を言わないどころか、シルバーを睨む。

「ふざけたことを言うな……！　僕の命よりも子供の命を心配しろ！　そのためにここへ来たんじゃないのか!?」

「こいつを片付けたら後を追う。心配するな」

「僕に構うな……。今すぐ行くんだ」

「しかし……」

「しかしじゃない！　僕を認めているというなら行け！」

レオは強い目をシルバーに向ける。そのレオの目はシルバー、いやアルが今まで見てきたレオの目とは一線を画する強さを放っていた。

「僕は僕が理想とする皇帝を目指す……その一歩が子供たちの救助だ。騎士も冒険者も多く動員し、僕は我を通した。ここまでして子供たちを救えないなんて……僕は認めない！　僕らは必ず子供たちを救い出し、この異変を解決する!!　行け！　シルバー！　SS級冒険者であるというなら僕にその力を見せてみろ!!!!」

それは怒号といってもいいほどだった。

レオのそんな姿を見たのはアルにとって初めてだ。

だからアルはそっと地面を蹴って空に浮いた。

「ならば見せてやろう。見届けるまでは死ぬなよ。レオナルト皇子」

「安心してくれ……僕は皇帝になる男だ。ここじゃ死なない」

「そうか……」

そう言うとアルは街のほうへ転移する。

そしてレオの強い目はバラムに向く。

「来い……バラム。帝国皇子の名の下に、帝国に災禍を巻き起こすお前を処断する！」

「やれるものならやってみろ！」

そう言ってバラムとレオの戦いが始まった。

剣と剣がぶつかり合う。いつものレオならば冷静に相手の状況を見極めながら戦ったかもしれない。だが、今のレオはいつもとは違った。

「はぁぁぁぁ!!」

「くっ」

怒濤の連撃を受け、片腕のバラムは防戦一方で下がる。

そしてレオの一撃がバラムの剣を叩き折った。

「うぉぉぉぉ!!」

「ちっ!!」

レオは手首を返してバラムの残った腕を狙う。

その瞬間、バラムは不可視となってその場から逃げた。

「消えたか……」

レオは周囲の音と気配に集中する。この程度で退くくらいなら初めから襲撃してはこない。必ず自分を狙ってくる。

その確信がレオにはあった。そしてそれは当たった。

「はっ！」

「ぐっ……」

いきなり背後に現れたバラムがレオの背中を浅く斬る。

その手には短剣が握られていた。

レオは振り返って剣を振るが、その頃にはバラムの姿はなかった。

思わず柄にもなく舌打ちをしたレオは、周囲を見渡す。だが、バラムを見つけることはできず、今度は横から現れたバラムによって左足を刺される。

「うぐっ……」

「無様だな、皇子」

「このっ！」

レオはバラムに剣を振るうが、バラムは悠々と距離を置いてまた不可視となる。

頭に血が上っていることを自覚し、レオは深く息を吐く。次はどこからくるのか。どう反撃するべきなのか。それを考えているとき、レオの頭にアルの顔がよぎる。

騙し合いはアルの領分だ。どうすれば相手の意表を突けるか。

「兄さんなら……」

レオは少し考え、剣を鞘にしまった。そして目を閉じて気配にだけ集中する。

相手の武器は短剣。致命傷を与えるには急所を狙うしかない。そして可能性が一番高い攻撃は突き。まだまだ余裕のあるバラムは無理はしないだろう。ならば狙う場所は心臓。

心臓への突きだとあたりをつけたレオは、背後に気配を感じた瞬間。

体を右にずらした。しかし、左肩に熱が走る。そして鋭い痛み。

見れば短剣が左肩に深く刺さっていた。

「反撃を諦め、避けに徹すれば避けられると思ったか？」

「いや……僕は何も諦めちゃいないよ……」

そう言ってレオは歯を食いしばり、体をずらして右手でバラムの首を摑む。

そしてへし折れろと言わんばかりに力を籠めると呟いた。

《その炎は天より舞い降りた・善なる者たちを救うために・至上の聖炎よ・気高く燃え上がれ・魔なる者を打ち滅ぼさんがために——ホーリー・ブレイズ》

五節の現代魔法。アンデッド系モンスターに多大な効果がある聖魔法だ。広く普及している現代魔法の中でも高度で使用者の少ない魔法だが、レオは多くの魔法を満遍なく習得しており、この魔法もちゃんと習得していた。いつか自分が困らぬように。

　レオの右手に聖なる炎が生まれ、バラムだけを燃やす。レオの手は何の影響も受けない。

「ぐぉぉぉぉぉぉ!?」

「逃がさない……」

　逃げる素振りを見せるバラムは、レオの右腕を力いっぱいに握るが、レオはバラムを決して放さずにどんどん聖炎を強めていく。

　やがてバラムは抵抗をやめたが、レオはその身が完全に塵(ちり)となるまで燃やし続けた。

「はぁはぁ……」

　塵となり、風と共にその塵が舞ったのを見て、レオは鞘から剣を抜いて高く掲げる。

「帝国第八皇子、レオナルト・レークス・アードラーが悪魔を討ち取った!!!!」

　その瞬間、その場にいた騎士たちが勝鬨(かちどき)をあげた。そしてレオは街の方を見る。

「頼んだよ、リンフィア……」

　その瞬間。黒い球体が強い光を発したのだった。

13

　バッサウの街に入ったリンフィアたちは空に浮かぶ黒い球体と、その下に広がった巨大な黒い穴を見ていた。

「説明はいらんな。これが魔界と繋がる穴だな」

「早く閉じなければいけませんね」

バラムが一気にモンスターを呼んだため、モンスターが大量に出現することはもうないが、今も少しずつスケルトンが穴から出てきている。放っておけばどんどん増える一方だ。

「そのためにこの黒い球体をどうにかする必要があるか……」

「妹が中にいるなら声をかければ反応があるかと」

「あそこまでどう行くかだな」

リーゼは空に浮かぶ球体を見上げる。さすがにジャンプで届く距離ではない。

そんなことを思っていると、突然リーゼは横からの攻撃を受けた。大きく吹き飛ばされるが、空中で回転して着地する。しかしリーゼが握っていた剣は半ばから折れていた。

「ふむ、攻撃を受けただけでこれか」

「殺す気の攻撃だったのだがね」

そう言ってフルカスが軽く剣を振るう。純粋に戦闘タイプのフルカスの攻撃を受け止める人間が二人もいたことに、フルカスは驚きを隠せなかった。

しかし受け止められるのと戦えるのではわけが違う。

ゆっくりとフルカスはリーゼの下へ向かうが、リンフィアや兵士が立ちふさがる。

「下がったほうがいいと思うが？」

「あなたこそいいんですか？　私に攻撃するとまずいのでは？」

「その心配はもうない。我が召喚者殿には深い眠りについてもらった。私が作ったあの球体の中でな」

「あなたが妹を……！」

「怒られるのは筋違いだ。あの子が我々を呼んだのだ。絶望し、誰でもいいから助けてくれと。そして安全な場所を求めていたからあの球体に保護した」

「保護ですって……!?」

悪魔は召喚者に直接的な反抗はできない。しかし、命令は解釈次第だ。

助けてくれと言えば助けてくれるが、そんな曖昧な命令ではやり方は悪魔の自由となる。

こういう危険性があるため悪魔召喚は廃れた。大抵の場合、人間より悪魔のほうがずる賢く、狡猾(こうかつ)なため、解釈の問題でしてやられることが多いのだ。

リンフィアはフルカスの言い分に怒りを見せるが、さすがに怒りに任せて突撃するような真似(まね)はしない。

そんなリンフィアに向かってフルカスは一歩前に出るが、その瞬間、リンフィアの前にシルバーが転移してきた。

「お前の相手はこの俺だ」

「ほう？　バラムを放置してきたのか？」

「あの程度でやられる皇子ではないと思ったのでな」

「悪魔を舐めないことだ」

「そっくりそのままお返ししよう。人間を舐めるな」

互いの魔力が一気に高まっていく。

その間にリンフィアたちは距離を取る。傍にいれば邪魔になると察したからだ。

「殿下、お怪我は？」

「ない。それよりあそこに行く方法を考えるぞ」

そうリーゼが口にしたとき、リーゼたちの前に階段状の結界が出来上がった。

それは見事に黒い球体まで伸びていた。

「気が利くではないか、仮面の冒険者」

「お褒めにあずかり光栄だ。リンフィア、行け。あれも結界の一種だ。中にいる召喚者が目覚めればどうにでもなる」

「はい！　ありがとうございます！　シルバー」

そう言ってリンフィアは結界を登っていく。

そうはさせじとスケルトンが集まってくるが、リーゼを中心として円陣が組まれた。

「絶対に死守せよ！」

リーゼの指揮でスケルトンは撃退されているが、延々と湧いてくる敵を相手にすればいずれ突破される。

早くしなければとリンフィアは全力で走る。そんなリンフィアの前にフルカスが現れた。

「行かせると思ったかね？」

「もちろん行かせてもらいます」

リンフィアは一切、スピードを緩めずに走る。

そんなリンフィアを援護するようにいくつもの魔法がフルカスに飛んでくる。

フルカスはそれらをすべて剣で弾くが、回り込むように放たれていた魔法を背後からくらい、リンフィアの進路から弾き出される。

「くっ！」

「お前の相手はこの俺と言ったはずだぞ？」

「まずは貴様から相手をせねばならないようだな！」

そう言って二人の攻防が始まる。

その間にリンフィアは黒い球体へと到着した。

「シンファ！　シンファ!!」

どうすればいいかわからず、とにかく妹の名前を呼ぶ。黒い球体に反応はない。

リンフィアは覚悟を決めて右手を黒い球体に突き出した。

「ぐぅぅ!!」

鋭い電撃が右腕に走る。

だが、リンフィアは諦めずに右腕を黒い球体の奥へと進める。

「シンファ……!　私よ……!　リンフィアよ!!」

電撃によって右腕の感覚がどんどんなくなっていく。

それでもリンフィアは少しずつ少しずつ奥へと進める。

その成果か、リンフィアの右腕は黒い球体の内側に潜り込み始めた。

だが、異物を排除しようとしているのか、電撃はより強くなる。

「ううう!!　ああああ!!」

苦し気に呻きながらリンフィアは歯を食いしばる。

辛くない、痛くないと自分に言い聞かせる。

「ごめんね……守ってあげられなくて……シンファ……もう大丈夫よ……お姉ちゃんが来たから……」

リンフィアは深く深く右腕を沈ませる。そして右肩までが沈んだとき。

『リ、ン……お姉ちゃん……?』

頭の中に声が響いた。

「シンファ!?　シンファ!!　そこにいるの!?」

『怖いよ……リンお姉ちゃん……』

「大丈夫よ……私がいるわ……」

しかしリンフィアの右腕の先に反応はない。

手を伸ばしてと願いながら、リンフィアは声をかけ続ける。

「もう大丈夫……一緒に帰りましょう……」

『でも……』

「怖くないわ……私が守ってあげる……」

『同じように助けようとしてくれた人は死んじゃった……リンお姉ちゃんも死んじゃうよお……』

「何言っているの……私は死なないわ……仲間もたくさんいるもの」

『仲間……？　一杯の大人の人たちは仲間なの……？』

「そうよ……シンファを助けるために集まってくれたの……」

『……大人の人は怖い……』

猜疑心の強い言葉を聞いて、リンフィアはギリッと強く歯を噛み締める。

村を離れるまでは人懐っこい良い子だった。その子がこんなことを言うようになるなんて。どんな目に遭ったのか。どんな目に遭わせてしまったのか。

「……ごめんね……ごめんね……シンファ……」

『リンお姉ちゃん、泣いてるの……？』

「ううん……平気よ……シンファが無事ならそれでいいの……もう怖いことなんてないわ……私が全部から守ってあげる……怖い大人の人がいても平気よ……」

『ほんと……？　ほんとに怖くない……？　私だけじゃなくて……みんなも守ってくれる？』

「みんな……？　ほかの子もいるの？　無事なの？」

『うん……』

「みんなを守ってたのね……偉いわ……大丈夫よ……何人だって守ってあげる」

電撃は一向に止まない。しかしリンフィアは絶対に痛みを表面には出さなかった。

心配させるようなことはあってはならない。

ここでシンファが怖がってはすべてが水の泡になる。

多くの人が協力してくれた。ここまで自分だけで来たわけではない。

電撃くらいに負けてしまってはそんな人たちに顔向けができない。

「手を伸ばして！　シンファ！」

『うん……でもリンお姉ちゃん、どこ？』

「とにかく手を伸ばして！　私も伸ばすから！」

そう言ってリンフィアは精一杯手を伸ばす。

そしてその手の先に何かが掠った。

妹の手だと確信したリンフィアは覚悟を決めて、上半身ごと黒い球体の中に沈み込む。

電撃が体中に走る。息もできない。それでもリンフィアはそんなこと意に介さずに手を伸ばす。目の前に大切なモノがあるのだ。

レオは我を通すと言った。それは自分も同じだと。

決して退かない決意。不退転の決意でリンフィアは右手を伸ばす。

すると、また手の先に何かが掠る。リンフィアはそれを逃さずしっかりと掴み、一気に引っ張り上げた。

黒い球体の中から引っ張り上げたのは栗色の髪の少女だった。その目の色は赤と青。

「ああ……シンファ……」

「リンお姉ちゃん……」

そこにいたのは間違いなく妹のシンファだった。

必ず守ると誓った自分の妹。守れなかった自分の妹。リンフィアはもう二度と離すまいと強くきつく抱きしめる。しかし、その瞬間は長くは続かない。

中心となっていたシンファが外に出てきたことで、黒い球体にはひびが入り始めていた。

そして黒い球体は光を発して、消失した。そして黒い球体が消失すれば、中にいた子供たちは落ちていく。

「っっ‼」

リンフィアは咄嗟に飛び降りて大きな声で叫ぶ。

「シルバ————‼‼」

リンフィアは叫びながらできるだけ子供たちを引き寄せる。だが、手が足りない。

下で気づいたリーゼたちも動き始めるが間に合わない。このままではまだ下に広がっている魔界と繋がった穴に落ちてしまう。

そんな中、いきなり巨大な銀の鷲がリンフィアたちの前に現れた。

その鷲は落ちていたリンフィアや子供たちを乗せると大きく羽ばたく。

「うわぁ……綺麗な鳥さん……」

「これは……」

「魔法で再現した鷲だ。本当は召喚くらいはしたかったんだがな」

そう言って銀の鷲と並行するようにシルバーが現れた。

そしてシルバーはリンフィアとリンフィアに抱きつくシンファや気絶している多くの子供たちを見て、フッと笑う。

「よくやった。あとは任せろ」

「はい……お任せします」

「ねぇねぇ、この鳥さんの名前は？」

「名前？　そうだな。まだないんだ。つけてやってくれ」

「ほんと⁉　うーん、どうしようかな」

微笑ましいシンファの様子にシルバーは笑ったあと、飛んできた攻撃を結界で受け止める。後ろには怒りに満ちたフルカスがいた。

「許さんぞ……私の計画を邪魔しおって……！」

「許さない？　それはこっちの台詞だ。ただで死ねると思うなよ？」

「虚勢を張るな。貴様の力はわかった。私には及ばない」

「そうか……なら試してみろ」

そう言った瞬間、シルバーの魔力がさきほどよりも強く大きく膨れ上がる。

それを見てリンフィアは察する。

周りの影響を考慮して、本気を出していなかったのだと。

これからがシルバーの本気なのだと。

14

「虚勢を張るな。貴様の力はわかった。私には及ばない」

フルカスは俺に見下したような視線を向ける。

これまでの手合わせで負ける要素がないと感じたんだろう。たしかにこれまでの戦いで俺はフルカスにダメージらしいダメージを与えられていない。フルカスも俺にダメージを与えてはいないが、フルカスはまだまだ本気じゃないことは明らかだった。

おそらく万が一に備えて、召喚者に抵抗するための力を温存していたんだろう。

だが、本気を出していないのは俺も同じだ。

「そうか……なら試してみろ」

抑えていた魔力を解放する。リンフィアの妹を怖がらせないために、ここまで本気は出さなかったがもうリンフィアの妹は助けた。遠慮はいらない。

「何度も言わせるな。貴様の力など……私、には……」

「どうした？　及ばないならかかってこい」

フルカスも抑えていた力を解放したようだが、せいぜい先ほどの二倍といったところ。

対して俺の力は先ほどの十倍以上。

濃密な魔力が可視化できるほどにまで高まっている。ここまで本気で力を出すのは滅多にない。周りを巻き込まないように戦うのが難しいからだ。

「今回は久々に気を遣う人間が少ないからな……それなりに本気で行かせてもらうぞ？」

「少ないだと⁉　下に数千の人間がいるのだぞ⁉」

「最近の中じゃ少ないほうだ」

キールやアルバトロの公都に住む人たちに比べたら、数千なんて大した数じゃない。一応、キールで張ったような治癒結界も使っているが密集しているため範囲も絞って使える。建物にもそこまで気を遣わなくていいし、戦場の条件としてはまずまずだ。

フルカスはギリッと歯を鳴らすと剣を構えた。

「どれだけ力が大きかろうと！　使えなければ意味はあるまい！」

そう言ってフルカスは高速で俺に接近してくる。

魔導師は接近戦に弱い。そのことを知っているからこその戦法だろうな。たしかに俺は武器を扱えない。体術も平均以下だ。それはシルバーになっても変わらない。

どれだけ身体能力を強化しても体術のセンスは上がらない。

だが、それなら体術のセンスが必要ない戦い方をすればいいだけだ。

「貰(もら)った!!」

フルカスが左から間合いに入ってくる。

俺は体を倒して一瞬で転移する。場所はフルカスから離れた街の上空。

そこで俺は右手をフルカスに向けて呟(つぶや)く。

《迸(ほとばし)れ、血雷(けつらい)――ブラッディ・ライトニング》

血のようにどす黒い巨大な雷がフルカスに向かって真っすぐ走る。

フルカスは咄嗟に剣でガードするが、堪(こら)えきれずにかなり遠くまで吹き飛ばされた。

「うぉぉぉぉぉ!!」

フルカスはなんとか血雷を上に弾いて逃れるが、その体は大きな火傷を負っていた。しかし、人間なら動くこともできないほどの火傷だろうに、それが一瞬で治癒した。バラムよりも悪魔としての要素が強く出ているらしいな。

「どうだ？　俺の力はだいぶわかってきたか？」

「調子に……乗るな!!」

そう言うとフルカスは数メートルはあろうかという巨大な剣を五本作り出して、俺のほうに飛ばしてきた。高速で飛来するその大剣たちは、まるで獰猛な鳥だった。

連携を取りながら俺を追い詰めてくる。

空を飛んで躱すが、躱した傍から別の大剣が俺の死角から舞い込んでくる。

そうして大剣とチェイスをしている間にフルカスが俺の下に接近していた。

「これで転移はできまい!!」

「舐めるな」

俺は結界で大剣を囲って動きを止めると、そのまま単調に突っ込んできたフルカスにカウンターで右ストレートを繰り出す。その右ストレートは巨大な半透明の拳の形をとって、まだ距離があるフルカスを吹き飛ばす。

「ぐおお!?」

マジックハンドという仮想の手や足を作り出す魔法の発展形だ。

魔法の拳を受けたフルカスは地面に叩きつけられた。大きくバウンドしたフルカスに対して、俺は蹴り飛ばす動作をする。エルナが見たらセンスがないと言いそうなローキックだが、適当に吹き飛ばすだけならこれで十分だ。

巨大な足が形作られ、フルカスを真横に吹き飛ばした。

「ぐっ！　くっ！　うぉぉぉぉぉぉ!!!!!!」

何度も地面に叩きつけられながら、フルカスは剣で地面を突き刺してなんとか止まろうとする。しかし、止まった結果、フルカスは更なる攻撃を受ける羽目になった。

《大地の王よ、不遜なる者を誅せ――アース・クエイク》

フルカスが着地した大地がどんどん隆起し、やがてそれは巨大な土の槍となってフルカスを襲う。フルカスは空に逃れようとするが、その槍はフルカスを捕らえるまで増え続け、伸びるのをやめない。

「ちっ！　厄介な魔法ばかりを!!」

キリがないと察したのかフルカスは剣に闇を纏わせて思いっきりそれを放つ。

その技で土の槍は粉々に砕けて大地へと還っていく。

「はぁはぁ……」

「随分疲れたようだな？　休むか？」

「くっ……なぜだ？　なぜ最初から本気で戦わなかった？」

「本気で戦ったら怖がらせるのでな。お前の召喚者を」

「それだけ……？　たったそれだけのために本気を出さなかったのか⁉」

フルカスは信じられないと言わんばかりに目を見開く。まぁそうだろうな。

最高の結果を求めて、俺は動く。そのことを批難する奴らもいる。たった一つの村のためにあえて不利な場所で戦うこともある。たった一人のために戦闘が長引くこともある。犠牲にすればいいと多くの者が言う。仕方ない犠牲だと。それで多くの犠牲が出たらどうするのかと。正論なのだろう。だが、それに従う義理も義務も俺にはない。

「それだけだ。力を持つ者には責任があると言う奴らがいる。いい加減な言い分だと思うが、正しい側面もある。手が届くならば助けるべきだ。しかし、悔しいが俺も人間でな。手の届かない者たちは助けられない。だからこそ、手の届く者たちは全力で守ると決めている。たとえ不利になろうと、たとえ愚かと呼ばれようと、それが俺の冒険者としての信条だ」

「理解できんな……強い者が正しい！　それが魔界の摂理だ！」

「魔界ではな。だが、ここは地上だ。この世界にはこの世界のルールがある」

「そのルールは強者が決めるものであろうが⁉」

「ああそうだ。そしてこの場の強者は俺だ。つまりここでは——俺がルールだ」

「ふざけるなぁぁぁぁ!!!!」

俺の言葉にフルカスは激昂しながら先ほど以上の闇を剣に纏わせる。

そしてそれを俺に向かって振りぬいた。悪魔としてこれ以上、俺の不遜を見逃せないらしい。人間ごときに舐められたとあっては、悪魔のプライドが許さないんだろう。

だが、それは純然たる事実だ。フルカスの放った闇の斬撃は俺が用意していた結界に受け止められる。相手の攻撃を吸収する結界だ。

「お前は召喚された時点で移動するべきだった。ここに拠点を構えてほかの悪魔を連れてこようって考えが傲慢だ」

「一番傲慢なのは貴様だろう!!」

「否定はしないな」

フルカスは結界を破ろうとさらに力を込めて、斬撃の威力をあげるがこの結界は並大抵のことじゃ破れない。俺に準備させた時点で正面突破を諦めるべきだったな。フルカスは俺を睨むが、俺はそんなの気にしちゃいない。

俺を見るのはフルカスだけじゃない。多くの者が俺を見ている。

ＳＳ級冒険者のシルバーを。

「ＳＳ級冒険者は……ほかの冒険者とは違う。誰もが〝シルバーなら〟と思う。そう思われる存在でなければいけない。そして今日、未来の皇帝がそんな俺に本気を見せてみろと言った。我を通すのに力を貸せと。その決意への返礼はせねばならんだろう」

そう言って俺は吸収した力をすべて魔力に変換し、大魔法の準備に入る。それを察したのか、フルカスは俺の邪魔をしようとするが、飛び出てきた鎖がフルカスを縛りつける。

「これは……!?」

「そこでジッとしていろ。この魔法は少し時間がかかる」

これを使うのはいつ以来だろうか。帝位争いが始まって、暗躍してレオを押し上げることばかりを考えていた。守るべきモノが多くなって、やるべきことが増えていって、戦いにだけ集中することはなかった。

昔は楽だった。一人で戦って、強い相手を倒せばそれでいい。単純で明快だった。シルバーとして戦っている時は楽だった。

それでも全部承知でレオを後押しすると決めた。それが間違いじゃなかったとレオは証明してくれている。成長し、かつて見た理想の皇帝に近づいてくれている。いつかきっとレオは誰もが称賛する皇帝になれる。その可能性を示してくれた。

なら俺も楽ばかりはしてられない。ここらで一つ、すべての人間に思い出させる必要がある。シルバーは畏怖すべき存在なのだと。

《我は銀の理を知る者・我は真なる銀に選ばれし者》

銀の仮面を被っているからシルバー。

そんな単純な理由でシルバーと名乗っているわけじゃない。
《銀星は星海より来たりて・大地を照らし天を慄かせる》
古代魔法にもいくつか分類が存在する。その中でもとりわけ強力な魔法。
俺が最も得意とする魔法の分類がある。その名は銀滅魔法。俺が古竜を討伐した魔法であり、冒険者として初めて使った魔法であり、シルバーの象徴。
《其の銀の輝きは神の真理・其の銀の煌きは天の加護》
冒険者になると決めたとき、俺は手始めに帝国近辺で活動期を迎えた古竜を討伐し、手土産としてギルド本部を訪れた。
冒険者登録もしていない俺だったが、討伐隊の冒険者たちが俺の成果を報告し、俺は例外としてSS級冒険者に任命された。
《刹那の銀閃・無窮なる銀輝》
シルバーという名はその時つけられたものだ。ある意味、この名は二つ名に近い。
シルバーの名は伊達じゃないってことだ。
《銀光よ我が手に宿れ・不遜なる者を滅さんがために――》
俺の両手の間に強い輝きを放つ銀色の球が現れる。そこから発せられる超大な力を感じたフルカスは、力を振り絞って呪鎖から逃れて迎撃態勢をとる。
大した奴だ。呪鎖から逃れたところを見ても、二人でS級モンスター扱いだった吸血鬼たちよりも遥かに強いことは間違いない。しかしもう遅い。

銀光はすでに俺の手の中にある。

《シルヴァリー・レイ》

銀の球を押しつぶすと俺の周囲に巨大な光球が出現する。

それはフルカスに狙いを定めると銀の光を発射した。

「うぉぉぉぉぉぉ!!!!」

フルカスはその銀光に対して最大級の攻撃をぶつけ、相殺を試みる。

長い間の均衡の末、フルカスはなんとか相殺に成功する。

「見たか！　貴様の最大の魔法は……」

意気揚々としていたフルカスはすぐに言葉を失う。

俺の背には七つの光球があり、それぞれが下にいるモンスターたちに向かって先ほどの銀光を放っていたからだ。その姿はまるで神が天罰を下しているようにも見えただろう。

シルヴァリー・レイは超広範囲殲滅魔法。俺が敵と認定した者を光球が自動で討ち滅ぼしていく魔法だ。残念だが、フルカスが相殺したのは拡散した一発に過ぎない。

「馬鹿な……」

あれほどいたモンスターたちがすべて消滅した。残るはフルカスのみ。

俺は呪鎖を使って再度フルカスを縛り、街の中心に空いた穴の上まで連れてくる。それと同時に七つの光球がすべてフルカスに狙いを定めた。

「貴様は……何者だ……？」

「SS級冒険者のシルバーだ。もしも生きて魔界に戻れたならちゃんと広めておけ。地上にはとんでもない奴がいるとな」

「おのれ……！」

「これは俺からのプレゼントだ。わざわざ団体で来てくれているんだ。光も見れずじまいじゃ可哀想だからな」

そう言って俺は右手を上げる。それを振り下ろせば七つの光球が一斉に銀光を放つ。

フルカスはそれを察して制止の声を出す。

「ま、待てっ!?」

「待たん」

そう言って俺は腕を振り下ろす。

光球がひと際強い輝きを放ち、集束された銀光が発射された。それはまるで星々の光のように綺麗で、眩しいほどに輝いていた。一瞬で銀光はフルカスを飲み込むと、穴へと入ってこちらに向かっていたであろうモンスターやら悪魔やらを殲滅する。

縮小している穴に合わせて、銀光もどんどん細くなっていく。そして最後はゆっくりと手を握っていき、拳を作ったところで銀光の照射は終わり、穴も完全に閉じ切った。

シルヴァリー・レイによってモンスターは一掃した。悪魔たちも消え去った。

黒い球体に閉じ込められていた子供たちも助けた。戦場にいた騎士や冒険者もできる限り助けた。上々の結果と言えるだろう。

だから俺はすべての冒険者に宣言した。

「目標となっていたモンスターの討伐を確認した！　南部の異変はこれで終息するだろう！　よって！　ここにレイドクエスト〝蒼鷗の救援〟の達成を宣言する！　我々の勝利だ!!」

待ってましたとばかりに冒険者たちが歓声をあげる。それにつられて騎士たちも剣を高々と掲げて勝利の雄たけびをあげている。やがてすべての者が手を掲げて勝利を祝した。

ここに帝国を揺るがしかねなかった南部の異変は解決された。

やることはまだまだある。後始末も忙しいだろう。それでも今はこの勝利を喜ぼう。

勝ったということ以上に価値あるモノがあった。

得たモノは大きい。これでレオは英雄であり、南部には皇帝自らの調査が入る。

「そろそろ反撃の頃合いかもな」

そんなことを呟きながら俺は、帝都の冒険者たちを帰還させるための転移門を作り始めたのだった。

エピローグ

Epilogue

「それで？　父上のその後の容態は？」

　南部での戦闘の後、俺はラインフェルト公爵の下へ戻った。そのうち、今回のことで公爵と姉上は帝都に招かれるだろう。それに合わせて俺も帝都に戻るつもりだった。しかし、父上の容態が気になったのでこうしてこっそり戻ってきた。

「はい。順調に回復されています。ミツバ様にもう大丈夫と言っては、まだ駄目ですと言われているようですが」

「父上らしいし、母上らしいな。母上は侍医の許可が出ないかぎり、父上に仕事はさせないだろうけど、まぁいい休暇だと思って休んでほしいもんだ」

「陛下にとって……紫の狼煙は不幸の象徴のようなものだと聞きました。皇太子殿下が亡くなられたときも、あの狼煙が上がったと。だから、今回はレオ様が亡くなるのではと思ってしまったのでしょう。体調を崩す程度で済んでよかったと私は思います」

「まぁ緊急事態を告げる狼煙だからな。大抵は不幸なことが起きる。ただ、父上にとって皇太子だった長兄は特別だった。誰もが思い描く理想の人物。生きていれば帝国史上極めて稀な、帝位争いを経ずに帝位についた皇帝になっただろうさ。当然、父上もそれを期待していた。自分の想像以上に立派になった長男。愛して止まない自慢の息子。あの人のおかげで帝位争いは起きていなかった。父上はあれで子供への情が深いから、帝位争いが起きないことは歓迎すべきことだった。しかし、長兄の死ですべてが崩れ去ったんだ」

自分の跡を継ぐに相応しい理想の息子を失い、そのせいで子供たちによる帝位争いが始まった。信じて疑わなかった幸福な未来が、あの狼煙を見た日からすべて壊れてしまった。

不幸なのはそれだけじゃない。皇太子が帝位につくのは時間の問題だった。権力の委譲も始まっていた。皇太子の側近たちには次代の帝国を継ぐ者たちとして、多くの職務が任されていた。しかし、皇太子の死に絶望し、気力を失った者はどれだけ有能でも使えない。

もちろん父上も引き留めた。しかし、多くの有能な人材が帝都から去った。それだけ皇太子の存在は大きかった。彼らが去ったことで父上は帝国の再建を余儀なくされた。徐々に手放し始めていた自分の影響力を取り戻すのは、大変な労力だっただろう。父上だって相当参っていたはずなのに、それをやってのけた。

そうやって父上は政務に没頭した。皇太子の死を忘れるために。誰が言っても休むようなことはしなかった。だからいい機会でもある。体を壊されてはたまらないしな。

「皇太子殿下は陛下の〝希望〟だったのかもしれませんね……」

「そうだな。希望、太陽、夢、理想。例えならいくらでも思いつく。それは人に恵みをもたらし、前に進む気力を与えてくれるものだ。それが大きければ大きいほど、依存度も増していく。なくなれば反動の絶望は計り知れない」

「なんだかレオ様のことを聞いているようですね」

「たしかにレオは長兄に似ている。いずれはあの人のようになるだろうさ。まだあの人の領域には至っていないけど、もしもレオが死ねば似たようなことが起きるかもしれない。そんなことは俺がさせないけどな」

俺が死んだとしても。口には出さないがそういう覚悟でいる。皇太子が死んだときのようなことはもう二度と起こさせない。

しかし、そんな俺の心の内を見透かしたようにフィーネが告げる。

「私は……アル様が死んでしまえば、絶望してしまいます」

「……よくわかったな」

「私は共有者ですから。アル様は時折自分のことを二の次に考えて行動します。もっと自分を大事にしてほしいです」

「気をつける。けど、俺が死んだところで多くの人に影響は与えない。レオと俺。どちらを優先させるかは明白だ」

「いいえ。アル様が亡くなっても、多くの人に影響はないかもしれません。けど、アル様の周りには多大な影響を与えます。私もレオ様も、きっと二度と立ち上がれません」

「君は俺をシルバーだと知っているから、俺を高く評価する傾向にあるな」

「関係ありません。たとえシルバーでなかったとしても、アル様が周りに多大な影響を与えることには変わりありません。レオ様が太陽だとするなら、アル様は月のような存在です。太陽に比べれば目立たないかもしれません。なくても変わりないという人もいるかもしれません。けれど、夜を歩く人にとっては頼みの綱です。夜の闇の心細さを月は和らげてくれる。それに太陽は月がいるから休めるんです。そして朝と共に強く輝く。レオ様はアル様がいなければ輝けないのです」

フィーネの口調は穏やかだ。けれど、聞いていると居た堪れなくなる。まるで親に窘められているような気分だ。反論するのは簡単だ。俺が必要じゃない根拠なんていくらでも上げられる。けど、フィーネの真っすぐで澄んだ瞳がそれを許さない。

肩をすくめて苦笑する。負けを認めるしかなさそうだ。

「はぁ……わかったよ。君にそこまで言われたら何も言えない。これからは自分のことも考える。死んでもなんてことは、追い詰められるまでは考えない。それでいいかな？」

「はい。アル様が追い詰められることはほとんどないでしょうから。それで構いません」

そう言ってフィーネは満面の笑みを見せた。

追い詰められることは結構あるんだが、と喉まで出かけたが、満面の笑みを向けられて

は口に出せない。フィーネが心配しないよう、追い詰められないようにしないとな。

そんなことを思いつつ、フィーネの淹れた紅茶を飲み干すと椅子から立ち上がる。

「じゃあ、そろそろ戻るよ」

「はい。お帰りをお待ちしています」

その言葉に頷き、俺は転移門を開くと、その場を後にしたのだった。

■■■

後宮の一室。第五妃ズーザンの部屋にザンドラはいた。

「まずい！　まずいわ！　まずいわよ！　お母様！」

「落ち着きなさい。南部で問題が起き、レオナルトがそれを解決した。それだけよ」

「どうしてそんなに落ち着いていられるの⁉　伯父様が責任を問われ、お父様が本格的に調査に乗り出せば、組織に関わっていたことも暴かれる！　そうなったら私は帝位争いから弾かれてしまうわ！　クリューガーの血が入っているという理由で‼」

責めるようなザンドラの口調に、ズーザンは穏やかに微笑む。まだまだ若く、感情をコントロールできていない娘を叱るようなことはしない。実際問題、ザンドラの足をクリューガー公爵家が引っ張ったことは事実だった。本来、後援するはずの実家が足を引っ張るなど言語道断。ズーザンも実家の脇の甘さには呆れていた。

しかし、起きてしまったことは変えられないと考える。そこがザンドラとズーザンの違いだった。

「ザンドラ。あなたの目標はなにかしら？」

「そんなの決まっているわ！　皇帝の座よ！」

「そうね。けど、そのために必要なのは権力ではないわ。失われた究極の呪いよ」

「けど、手掛かりはほとんど見つけられていないわ！　それが記された文献を調べても、先天魔法が関係しているということくらいしか書いてなかったわ！」

「古代の秘術よ。そんな簡単じゃないわ。けど、同じく文献の中だけの存在を調べたらどうかしら？」

「文献の中の存在？　どういうこと？」

「シャオメイ」

そうズーザンが名前を呼ぶと、侍女の中から栗毛の女が前に出てきた。その仕草に音はなく、気配も希薄だ。それは一流の暗殺者に共通する特徴だった。

彼女の名前はシャオメイ。ズーザンの侍女にして、暗殺者。多くの暗殺者を抱えているザンドラでも、シャオメイ以上の暗殺者は見たことがないほどの凄腕だ。

普段は目立った動きができないズーザンの目となり、耳となり、後宮と帝都の情勢を探っている。ズーザンの切り札ともいうべき存在だ。

「どういうこと？　あなたが説明してくれるの？　シャオメイ」

「はい、ザンドラ様。実はとある侍女が聞いたそうなのです。クリスタ殿下が陛下が倒れる数日前に、陛下が倒れると騒いでいた、と」

「なんですって……？」

「気になって調べてみたところ、城を離れた元侍女も似たようなことを言っておりました。三年前、皇太子殿下が亡くなったときも、その前にクリスタ殿下は騒いでいた、と」

「クリスタが……未来予知の先天魔法を持っているというの？」

「三年前にクリスタ殿下の傍にいた侍女は皆、それぞれの理由で城から離れています。全員が身内に何かしらの事情が発生し、自らの意志で離れているのです。しかし、城の侍女は中々なれるものではありません。それをやめざるを得ない事情が立て続けに起きるのは妙です。ましてやクリスタ殿下の周りにいた侍女ばかり。工作の匂いがいたします」

「ミツバが娘の秘密を守るために当時の侍女を遠ざけたということかしら？」

「可能性は高いかと。そこまでするということは、本物だと思われます」

シャオメイの言葉にズーザンは深く頷く。そしてザンドラを見つめる。その表情は我が子を慈しむ母親の表情だった。しかし、その表情でズーザンはザンドラに告げる。

「先天魔法はとても貴重だけれど、未来予知となれば文献にしか登場しない幻ともいえるレベルよ。けれど、不思議じゃないわ。アードラーの一族は優れた血を取り込み続けてきた。大陸一、優秀な血を持っている。クリスタはその集大成。どうかしら？　ザンドラ」

「そうね……それなら可能かもしれない。そこまで強力な先天魔法の使い手なら、その血だけでも価値があるわ！」

　興奮したようにザンドラは歩き回って、ぶつぶつと呟き始める。そこに妹への情はない。

「シャオメイ。クリスタを実験体として欲しいわ！　攫ってきなさい！」

「すぐにというわけにはいきません。クリスタ殿下は城からほとんど出ませんので」

「時間はないわ！　早く究極の呪いを完成させないといけないのよ！」

「慌てちゃ駄目よ、ザンドラ。急いては事を仕損じる。シャオメイ、やり方は任せるわ。どんな手を使ってもクリスタを攫ってきてちょうだい」

「かしこまりました。まずはクリスタ殿下の周りを探ります。何かわかりましたら、またご報告に参ります。吉報をお待ちください」

　そう言うとシャオメイは音もなくその場を後にした。もっとも信頼する侍女の動きを見て、ズーザンは満足そうに微笑む。

「待っていなさい、ザンドラ。すぐにあなたにあげるから」

「ええ、お母様！」

　母娘の狂気は止まるところを知らず、どこまでも膨らみ続けていく。

帝国が抱える闇はまた一つ大きくなったのだった。

最強出涸らし皇子の暗躍帝位争い3
無能を演じるSSランク皇子は皇位継承戦を影から支配する

著　タンバ

角川スニーカー文庫　22148

2020年5月1日　初版発行

発行者　三坂泰二

発　行　株式会社KADOKAWA
〒102-8177 東京都千代田区富士見2-13-3
電話　0570-002-301（ナビダイヤル）

印刷所　株式会社暁印刷
製本所　株式会社ビルディング・ブックセンター

●お問い合わせ
https://www.kadokawa.co.jp/（「お問い合わせ」へお進みください）
※内容によっては、お答えできない場合があります。
※サポートは日本国内のみとさせていただきます。
※Japanese text only

Printed in Japan　ISBN 978-4-04-109169-2　C0193

★ご意見、ご感想をお送りください★
〒102-8177 東京都千代田区富士見 2-13-3
株式会社KADOKAWA　角川スニーカー文庫編集部気付
「タンバ」先生
「夕薙」先生

［スニーカー文庫公式サイト］ザ・スニーカーWEB　https://sneakerbunko.jp/

角川文庫発刊に際して

角川源義

第二次世界大戦の敗北は、軍事力の敗北であった以上に、私たちの若い文化力の敗退であった。私たちの文化が戦争に対して如何に無力であり、単なるあだ花に過ぎなかったかを、私たちは身を以て体験し痛感した。西洋近代文化の摂取にとって、明治以後八十年の歳月は決して短かすぎたとは言えない。にもかかわらず、近代文化の伝統を確立し、自由な批判と柔軟な良識に富む文化層として自らを形成することに私たちは失敗して来た。そしてこれは、各層への文化の普及滲透を任務とする出版人の責任でもあった。

一九四五年以来、私たちは再び振出しに戻り、第一歩から踏み出すことを余儀なくされた。これは大きな不幸ではあるが、反面、これまでの混沌・未熟・歪曲の中にあった我が国の文化に秩序と確たる基礎を齎らすためには絶好の機会でもある。角川書店は、このような祖国の文化的危機にあたり、微力をも顧みず再建の礎石たるべき抱負と決意とをもって出発したが、ここに創立以来の念願を果すべく角川文庫を発刊する。これまで刊行されたあらゆる全集叢書文庫類の長所と短所とを検討し、古今東西の不朽の典籍を、良心的編集のもとに、廉価に、そして書架にふさわしい美本として、多くのひとびとに提供しようとする。しかし私たちは徒らに百科全書的な知識のジレッタントを作ることを目的とせず、あくまで祖国の文化に秩序と再建への道を示し、この文庫を角川書店の栄ある事業として、今後永久に継続発展せしめ、学芸と教養との殿堂として大成せんことを期したい。多くの読書子の愛情ある忠言と支持とによって、この希望と抱負とを完遂せしめられんことを願う。

一九四九年五月三日

世界最高の暗殺者、異世界貴族に転生する
The world's best assassin,
To reincarnate in a different world aristocrat
月夜 涙
画 れい亜
"伝説の暗殺者"、異世界で無双
最強×無敵の
アサシンズ・ファンタジー――!
世界一の暗殺者が、暗殺貴族の長男に転生した。現代であらゆる暗殺を可能にした知識と経験、そして暗殺者一族の秘術と魔法。その全てが相乗効果をうみ、彼は史上並び立つ者がいない暗殺者へと成長していく!!
特設
サイトは
▼コチラ!▼
スニーカー文庫